早分かり 川柳作句 Q&A

Question

Answer

Miyake Hosyu

三宅保州

Senryu Sakku Question & Answer

新葉館出版

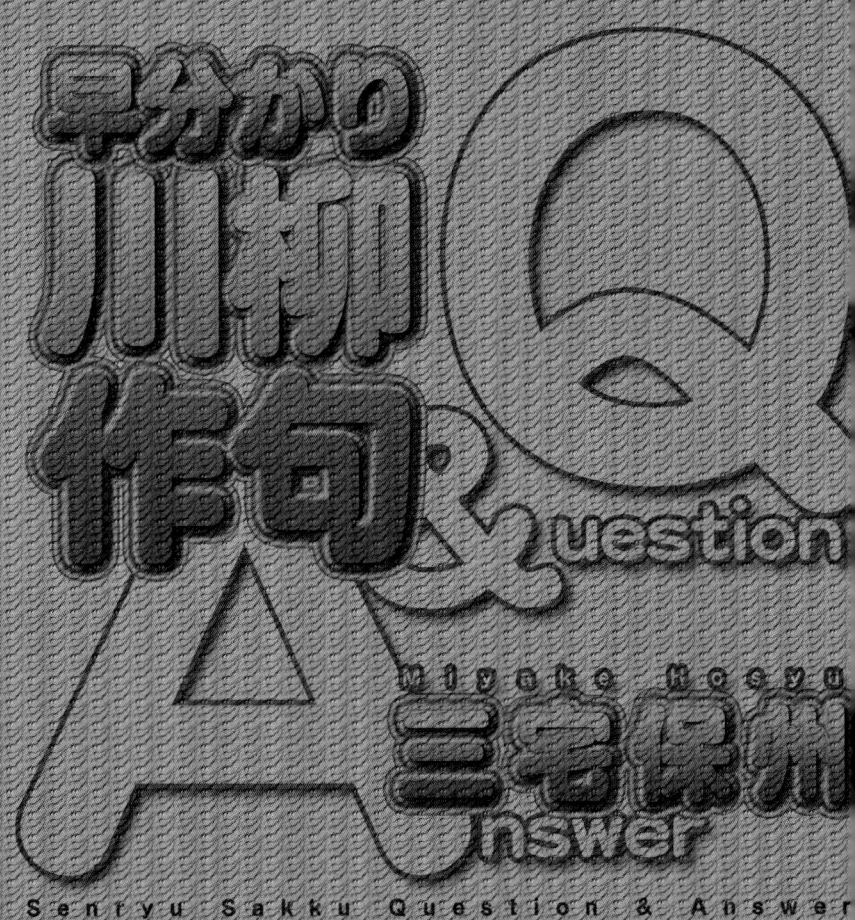

はじめに

「川柳に興味があるので作ってみたい」「川柳はわかりやすくて作りやすいと思った」「ところが始めて見ると難しくて作り難く上達もしない」というような声をよく聞きます。そういう方々のお手伝いやご指南役的な川柳の会やカルチャー、川柳入門書などが幾つかあって役立っているところです。

私も、川柳カルチャーの講師をしたり、各地各会で作り方や上達法などの講義をしたりして、及ばずながら手助けをしてまいりました。このたび、我が国唯一の川柳総合誌を出版されている新葉館出版さんが「川柳書フェア」を展開するに当たって、今までの講義資料等を書にまとめて、川柳の啓発と上達等の一助にされたらとのお声を掛けていただきました。それほどの内容あるものではないのですが、川柳に興味のある方や上達を目指している方々の少しでもお役に立てればと思って、お恥ずかしい程度のものですが、取りまとめて上梓に漕ぎ着けました。

拙書の特徴として一番心掛けたことは、難しい理論的なことや抽象的なことは極力避けて、「できるだけ具体的にわかりやすく」を念頭においてまとめました。従って書のタイトルも『早分かり川柳作句Q＆A』として、いつでも手軽にご利用できるような体裁とさせていただきました。

また、お読みいただく方々の対象は「これから川柳をはじめたい方」や「川柳の上達法をわかりやすく勉強したい」という人達の一助になればと思ってまとめました。少しでもお役に立てれば幸甚です。

末筆ながら新葉館出版の松岡恭子、竹田麻衣子の両氏にひとかたならぬお世話になりましたことを感謝申し上げます。

平成二十四年仲秋

三宅　保州

早分かり川柳作句 Q&A Question Answer

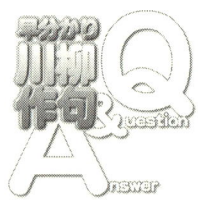

早分かり川柳作句Q＆A

第一編

川柳、しませんか

この章は、主に「川柳に興味があって、これから川柳を作ってみたい」「何もわからぬままに川柳を始めたが、系統だって川柳というものを知りたい」という人達を対象にしています。

Q1 川柳を趣味とするメリットは？

A 川柳は「紙と鉛筆があり、考えることができれば誰でも作れます。」頭の体操になり、老化防止になります。

年齢、性別、体力等に関係なく、誰でも何歳まででもできます。

物事全般に関心を持つようになり、いろんなことの勉強になります。

川柳を通じての仲間（柳友）ができます。

経費もあまりかかりません。

川柳が生きがいとなり、生活に張り合いが出ます。――生涯のライフワークとなります。

Q2

川柳と俳句の違いは？

A　俳句は、原則として『季語』や「…や」「…かな」「けり」などの『切れ字』を使うことがあります。『季語』（季題）は、句の中に季節を表す言葉を使う約束事です。これに対して、川柳には季語などのきまりはありません。自由に作って良いのです。

また、俳句は文語体で旧かなづかいが普通であるのに対して、川柳は口語体で現代かなづかいが原則です。その意味でも川柳は現代的で取っ付き易いと言われる所以です。

なお、俳句はいわゆる花鳥風月などの自然を主に対象として詠むのに対して、川柳は社会や人間などを対象として詠むとも言われています。

川柳と俳句の共通点は、字数（音数）が全く同じということです。即ち、五・七・五の十七音を定型とするということです。ですから、川柳のような俳句、俳句のような川柳もしばしば見られるところです。

これらは、あくまでも傾向であって、例外的な考え方や句も川柳、俳句ともにたくさんあることをお断りしておきます。

Q3 川柳の字数は何文字ですか

A 五・七・五の十七字が川柳の基本的な字数で、これを「定型」といいます。正確には十七字でなく「十七音」です。それは十七というのは文字の数ではなく、発音の数だからです。例えば

孝行のしたい時分に親はなし(こうこうの　したいじぶんに　おやはなし)

という有名な江戸時代の古川柳は、文字の数では十三字ですが、発音の数では(　)内のように十七音となります。十七音をさらに分類すると「孝行の」は五音で『上五』と、「したい時分に」は七音で『中七』と、「親はなし」は五音で『下五』とか『結語』と言い、これで、いわゆる五・七・五の十七音の定型になっています。基本的にはこの定型を守って作句するよう心掛けて下さい。

五・七・五の定型を外れやすいのは、中七が中八音になっていることが多いものです。ま

た、下五も下六音になっている句を見かけます。
これらは基本から外れ、リズムの悪い句になり勝ちです。どうしても五・七・五に収まらない場合は、その言葉を上五に持ってくる工夫をして下さい。上五がやむをえず六音以上になることは許容されていますが、あくまでやむを得ない場合のみです。

Q4 促音や拗音などの音数の数え方は？

A 字数の数え方の難しい促音なども、数え方のルールを覚えれば簡単に数えられます。ところが数え方を間違うと、五・七・五の十七音を逸脱した「字余り」や「字足らず」の句となりリズムの悪い句になってしまいます。ややこしい数え方の発音を以下に列記しますので、最初に数え方をしっかりと覚えて、リズムの良い句を作るよう心掛けましょう。

促　音　つまる音で表記上は小さい「っ」で表しているもので、それ自体一音として数えます。

「例」　切って（三音）　帰って（四音）　突っ走って（六音）

拗音

「き ぎ し じ ち に ひ び み り」のそれぞれに小さい「ゃ」「ゅ」「ょ」が付いた音です。表記上は二字になりますが、音数は一音に数えます。
「例」　茶（一音）　著（一音）　主人（三音）　巨大（三音）　きょろきょろ（四音）
入居者（四音）　特許許可局（七音）

長音

「う」「ー」などのように長く引き伸ばして発せられる音で、ある音節の母音を延長する発音。

それ自体を一音として数えます。

「例」　おとうさん（五音）　ハーモニー（五音）　チャーシューメン（六音）

撥音

おしまいの「ん」で表される音で、それ自体一音に数えます。

「例」　銀（二音）　ロンドン（四音）　新幹線（六音）

Q5 作句上の用字や用語の決まりがありますか

A 原則論ですが、川柳は口語体、現代かな使い、常用漢字を基本として作ればよいのです。

基本的には、平易にわかりやすく作ればよいのであって、決して難しい表現、言葉、漢字などを無理に使う必要はありません。ただ、常用漢字だけはそれだけに限定してしまうと、かえって分かりにくくなったり感じが損なわれたりしますので、常用漢字以外の漢字も使われる傾向にあります。要は、川柳の良いところは、分かりやすく親しみやすいところにありますので、大上段に振りかぶったり、裃を着てしかめっ面したような難しい句ばかりだと、川柳本来の良さを殺すことにもなりかねません。特に、初心のうちは基本に忠実にわかりやすい句を心掛けましょう。

Q6 川柳におけるタブーとは

A 川柳を作るにあたって、次のようなしてはいけないタブーがあります。これらのタブーを犯さないよう厳に気をつけて下さい。

一　駄洒落、語呂合わせ、低俗、下品、言葉遊びの句。

二　差別用語、不快語、隠語を使った句。

三　人を誹謗、中傷する句。

四　盗作(他人の句をそのまま或いは真似たりして自分の句として投句する。)

差別用語を絶対使わないことは、単に川柳のみでなく社会人としての規範でもあります。およそ性別、職業、身分、地位、人種、民族、地域、心身の障害等について、差別の観念を示す言葉、表現を使わないことを肝に銘じて下さい。

「盗作」と間違われたり疑われる句として「暗合句」があります。「暗合句」とは、その句が偶然他の句と全く同じか殆ど似ていることを言います。「盗作」が故意に意図的に他人の句を盗むのに対して、「暗合句」は意図的でなく、偶然似ているということで、その因って来たるところが大きく違います。しかし、結果的には盗作か暗合句か分かりにくいのが厄介なところです。いずれにしろ、自分の句が暗合句と分かった場合は削除し、入選しているときは辞退するのがマナーです。

川柳と言えない問題句の例

救急車自分で呼べよバカヤロー ――――――― 侮蔑
いい家内十年たったらおっ家内 ――――――― 駄洒落、言葉遊び
ジャンプ台コンビがふわりと輪を描いた ――― 言葉遊び、語呂合わせ
踏み台の女下から覗かれる ――――――――― 下品
小便は無用と書いて大をされ ―――――――― 低俗

Q7 川柳の「三要素」とは

A　江戸時代のいわゆる古川柳のころ、次の三つが川柳の三要素と言われました。

穿ち（風刺、皮肉）　滑稽（おかしみ）　軽味（枯淡味）

たしかに川柳のあるべき原点を述べてはいますが、この三要素を必ず備えた句にしたり、これらを意識しすぎる必要はないと思います。

むしろ、この三要素を現代風にアレンジすると

ウィット（機知）　ユーモア（良質な笑い）　ペーソス（哀感）

と言ったほうが分かりやすいかも知れません。

また、私は良い川柳の基本的な三要素として

発想　表現　リズム

の三拍子ともに揃った句が佳句だと常々思っています。

Q8

「多読《たどく》 多作《たさく》 多捨《たしゃ》」とはどういう意味ですか

A 川柳の上達法として「多読　多作　多捨」がよく言われます。

「多読」とは、文字どおり川柳をたくさん読むことです。特に、良い句をたくさん読んで下さい。たくさん読むことにより、川柳というもの、句の良し悪し、発想や表現法など得るところが大きいものです。

「多作」とは文字どおりたくさん作ることです。たくさん作ることによってその中から良い句も生まれてくるものです。一句や二句のみ作ってそれが良い句ということはまれなものです。

「多捨《たしゃ》」はたくさん捨てると書くとおり、多作した句をそのまま全部投句するのではなく、その中から良いと思う句だけに厳選して投句するということです。投句数は何句以内と普通は制限されていますから、多作した中から自分で良いと思う句を選ぶ(自選)習慣を身に付けると、自ずと選句の力が向上するものです。また、柳友やベテランに選んでもらうと、客観的に良い句が選ばれ、自分だけの独り善がりの句などが淘汰されます。しかし、いつも他人にばかり選んでもらっていると、自選の力がつきません。自選を主として他薦も参考とする謙虚さを持ちたいものです。

「よく読み　よく作り　よく捨て」そして自分で良いと思った句を、恐れず　恥じず　奢らず　勇気をもってどんどん投句（出句）しましょう。その結果、なぜ入選したか、なぜ没になったか、考えたり聞いたりして下さい。それが何よりの上達法です。

Q6 「説明句」「報告句」とは

A 文字どおり説明だけの句、報告だけで終わっている句を言い、川柳としては良い句になりません。句のあとに「そうですか」とか「そうですね」と言いたくなるだけの句で、作者の思いや、読者に感銘を与える良い句になっていません。「そうですね川柳」などと揶揄されています。

例えば〝**朝起きて顔を洗って歯を磨く**〟というのは、五・七・五の十七音になっている限りにおいては川柳ですが、事実を説明し報告しているのみですから、川柳とは言えないくらいのものです。

それでは〝朝起きて今日も元気だ頑張ろう〟はどうでしょうか。

良い川柳の条件の一つである作者の気持ちや訴えが「…頑張ろう」に表れていますから、前の句よりは良いのですが何だか標語のようで、すばらしい川柳にはまだ遠いと言わざるを得ません。

それでは〝ああ今日も生きているなと目が覚める〟はどうでしょうか。生きている喜びと感謝の気持ちが洞察されて味わいのある川柳になっています。

どうか説明句や報告句に終わらないで、作者の気持ちや訴え、喜怒哀楽、風刺、穿ち、ウィットなどを含んだ、句に作者の存在する川柳を常に心掛けられると、良い句が生まれるものです。


「そこまでを句にするよりそこからを書くべきである」　川上三太郎

Q10 「同想句」とは

A 一言で言えば同じような発想の句で、「類句」とも言います。特に、題を決められている「題詠」では、同じような発想、同じような表現の句が、何句も出たりします。僅か十七音の川柳で、しかも題も同じであれば、人間の考えることは同じ発想になることが多いものです。

例えば「消費税」という題詠で

〝当たり前になってしまった消費税〟
〝当たり前のように取られる消費税〟

の二句は、発想も表現もほとんど同じです。この二句が仮に良い句であったとしても抜かれる（入選）ことはまずありません。どんな良い句でも「相討ち」といってどちらも没（不採用）になることが多いものです。また、その場（句会等）で同想句がなくても、過去に同想句があることが分かった場合は前述の「暗合句《あんごうく》」となり、入選を取り消されたり、辞退することになります。

同想句や暗合句となることを避ける方法の一つとして、「最初に浮かんだ発想や句は捨てる。」ということがあります。題詠において最初に浮かぶ発想や句は、皆さん似たり寄ったりで、同想句になる確率が高く、句としても良い句になり得ないことが多いものです。言い換えれば、「当たり前のことを当たり前に詠んでも駄目」とも言われます。例えば「太陽は明るい」「海は広い」「孫は可愛い」「老化が心配」などは当たり前で良い句に繋がりません。題詠や対象を真正面から常識的にのみ観るだけでなく、斜めから裏からも観て深く観察し考えることにより、意外なユニークな発想が浮かび、良い句が作れることに繋がります。

Q11

「題詠」とは「雑詠」とは

A 川柳を作る対象による分け方を大きく分けると、この二つになります。

「題詠《だいえい》」とは、作る対象が限定されていて、その対象についての句を作ることを言います。その対象の選び方は、森羅万象何でも良く、また、文法的にも名詞、形容詞、動詞、副詞など、ほとんど制約がありません。現在、句会などでは題詠が何題か出題されることがほとんどです。例えば、「赤」「暑い」「友情」と三つの題が出題されますと、このそれぞれに関する句を作って、決められている句数をそれぞれ出句します。

なお、「題詠」は普通「兼題《けんだい》」とか「課題」「課題吟」「宿題」とか呼ばれています。「題詠」に対して「雑詠」は何を対象にして詠んでもよいことを言い「自由吟」とも呼ばれています。

現在の傾向は選句のしやすさ、作りやすさなどを理由として「題詠」が主流ですが、作句力をつけたり、作者の個性がよく表れるのは「雑詠」だと言われています。

Q12 「推敲《すいこう》」とは

A 「推敲」とは、良い句にしようと苦心して何度も作り直すことです。「添削」と同義語とも言えます。

句ができたらやれやれ出来たで終わってしまわず、推敲、添削に力を注ぎなさいと言うことです。句ができたらまず字句の間違いがないか確かめ、そして、発想を考え直したり、表現を修正したり、リズムを整えたりを繰り返して、良い句に仕上げていく努力を習慣づけましょう。

「句は我が子」と言って、自分の句は自分の子に例えられます。句が出来たときは我が子が生まれたのと同じです。その子(句)を良い子に育てる親の育児の努力が、親である作者の推敲、添削に当たるのです。

手塩にかけた我が子を入学や就職で他人に預け一人前にするのが、句では出句に当たります。我が子といえども客観的な評価は他人や第三者がしてくれます。それが川柳では選者や読者に当たります。

作ったときは良い句だと思っても、後日見直すとつまらない句であったり、他人に見てもらうと評価が低かったりすることがあるものです。

推敲の例　(三浦三朗著「川柳入門」から)

後足で犬は首筋掻いている　——　報告・説明句にすぎぬ

首筋を掻く犬そこがかゆいらし　——　説明句、当たり前の理由掻いている犬の首筋泥が落ち ―― 観察が深くなり、よいところに目をつけた「見つけ」の良い句になった。

迷い犬ホコリを立てて首を掻き ―― 迷い犬とホコリの組み立てがより効果的で、描写も効いている。

Q13 句を作り上げるまでの過程を例示的に教えて下さい

A 作句の段階的な仕上げ方の一方法として、「ホップ・ステップ・ジャンプ法」なるものをお勧めします。

これは北野邦生氏(北の星川柳社主宰)という川柳家の説です。

それによりますと、ホップは「場面設定」ステップは「仮作句」ジャンプは「作句の仕上げ」という段階的に取り組みなさいというものです。

例えば、帰宅の途中に雨が降ってきたが傘を持ってないので、屋台でちょっと飲んで雨宿りしよう。というのが「場面設定」です。次にここからステップして〝雨が降る一杯飲んでも降り止まぬ〟と句の原形を作ります。これが「仮作句」です。ここで句ができたと安心して終わってしまってはいけません。この句では、まだ説明の域をでていませんし、中八音になっているのも推敲しなければなりません。そこでいろいろ考え直したうえ〝一杯で止みそうもない雨宿り〟としてみました。これが「作句の仕上げ」です。句の背景があり、雨の所為にして飲み続けたいという作者の訴えも含まれていて、いわゆる作者の存在する川柳に仕上がっています。

前述のとおり、川柳作家六大家の一人である川上三太郎師は「そこまでを句にするより、そこからを書くべきである。」と名言を述べられています。この意味は、題材をそのまま詠むだけでは、いわゆる説明と報告に終わってしまい決して佳句にならない。そこに作者の思いや訴えを入れ、広がりと深みのある句にしなさいということだと思います。

これは、けだし「ホップ・ステップ・ジャンプ説」と通じることだと思います。

Q14 「し止め」とは「結語の止め」とは

A 僅か十七音の川柳では、一字の重みということがよく言われ、一字替えるだけで句自体が良くも悪くもなるものです。特に、十七音の止め(結語)が、連用形、連体形、終止形、命令形等により、意味や印象が異なります。例えば、動詞の「動く」を、連用形の「動き」終止形の「動く」に、形容詞の「美しい」を連用形の「美しく」連体形の「美しき」終止形の「美しい」とすることにより、それぞれ趣が異なります。

次に、「し止め」についてですが、「し止め」とは動詞の活用を連用形で止めること(下五連用一字止め)で、例えば、する——し、——見る——見、出る——出　などです。

例句(古川柳)

まおとこを見出して恥を大きくし

清盛は寝まきの上へ鎧を着

料理人一つ出しては覗いて見

なお、「し止め」は語幹が一字の動詞の連用形止めのみですから、悲し、悔し、無し　などは「し止め」ではありません。「し止め」は古川柳では前句付けに続けるリズム感があるため多用されましたが、現在では忌避する傾向の結社や大家が多いところです。

この連用形と終止形の簡単な見分け方は、連用形はその言葉のあとに、ます、たい、た、て、ながら　などの言葉を続けられる表現であり、終止形はその言葉で文が終わる表現であると言えます。両者の特徴的な印象は、連用形――流動感、余韻、軽い　終止形――安定、格調、重い　などと言えます。

例句

動詞の連用形

子のことに触れると人の親であり　瓢太郎

動詞の終止形

冬の天アリバイはない父である　洋

Q15 川柳の入門書や総合誌など勉強になる刊行物を教えて下さい

A 入門書的な書籍は何冊も出版されています。ただ、かなり大きい書店でないと店頭には何冊も置いていません。発行所や川柳界の組織（結社等）から送付してもらう方法等であれば、幾冊もの中から選べます。購入する場合は一冊のみにしないで、何冊も買う方が幅広くいろんな考え方などを勉強できます。

川柳総合誌としては「月刊川柳マガジン」（新葉館出版）があります。
（一冊　八六〇円　年間一〇、三二〇円　書店購入又は定期購入申込）

また、数ある川柳の結社もそれぞれ柳誌《りゅうし》（ほとんど月刊）を刊行しており勉強になります（著名な例としては、「川柳塔社」「番傘川柳本社」など）。これらの購読は希望する結社に直接申し込むと柳誌を送付してくれ、希望すれば「誌友《しゆう》」や「会員」となって、投句することもできます。なお、全国各地には地域で活躍する川柳結社があり、句会を開催したり柳誌を発行したりしています。最寄りの結社を照会したい場合は、（社）全日本川柳協会や新葉館出版に問い合せたり、インターネットでの検索をして下さい。

いずれにしろ、せっかく川柳をたしなみ、生き甲斐とし、楽しみとし、上達するためには、川柳の刊行物を読み、結社に入会し、投句し、句会（後述）に出席することによって、川柳の友達（柳友）もでき、入選の喜びも味わえ、川柳がやみつきになること請け合いです。

Q16 「句会」とは

A 句会とは一言で言えば、参加者がそれぞれ作った句を出し（投句、出句）その中から選者が入選句を選び、発表（披講）する所です。いわば「川柳勉強会」や「自分の句の腕試し場」「良い句を聴く会」でもあります。
句会は通常、各結社ごとに毎月一回程度、「定例句会」が開かれています。そして、句会ごとに課題（兼題や席題）があり、その題に応じて作句して決められた句数を出句します。参加費はだいたい五百円程度と低廉で、普通は出席の予約も不要です。成績の発表は「披講《ひこう》」と言い、その題の選者が行ないます。

「披講」で自分の句が読まれたら、すかさず自分の姓名の名の方（または「雅号《がごう》」）やフルネームを大きな声で明瞭に唱えます。

これを「呼名《こめい》」と言い、抜いてくれた（入選）喜びと句会の醍醐味の最たるものです。

句会に参加するメリット

＊上達の早道　＊自分の成績が直ぐにわかる　＊良い作家に直接会える
＊良い句を直接聴ける　＊選者やベテランに直接質問したり指導を受けられる
＊川柳の友達ができる　＊良い意味のライバルができ、競争心を養える

思い切って句会に参加してみましょう。初出席者は紹介してくれ大歓迎されます。きっと参加して良かったと思うはずです。

Q17 ペンネームや雅号《がごう》について教えて下さい

A 川柳では「雅号」（「柳号《りゅうごう》」ともいう）を用いることは比較的自由です。特に、免許制、許可制などの制約は一切ありません。それが川柳界の堅苦しくない自由な良いと

ころです。川柳界では呼名などに代表されるように、フルネームで呼ぶことよりも、姓名の名の方を呼んだり使うことが多いので、同名の多いような方(例えば、幸子、和子、正、弘など)は、最初から雅号をつける方が迷惑をかけず作者を間違われることが防げます。また、ある程度川柳を続けられてからつけるのもよいでしょう。

雅号は、自分で考えて付けても良いし、師と仰ぐ方に付けていただいてもどちらでもよろしいのです(所属の結社に取り決め等がある場合はそれにしたがって下さい)。

雅号は自由につけたら良いと言いましたが、絶対守ってはしいことが一つだけあります。それは、駄洒落、下品、低俗、ふざけたような雅号をつけないことです。いわゆるサラリーマン川柳や一部の新聞川柳欄などに、この種のペンネーム的なものが散見されるのは困った風潮で、文学である川柳の誤解に繋がり、ひいては川柳に対する冒涜だと言っても過言ではないと思います。

悪い例　粗大ゴミ　あげあし鳥　茶ップリン　寝技士　ださいおさむ

辞典で「雅号」を引くと「文筆家などが本名の他につける風流な別名」と載っています。風流とまではいかなくても、あなたにふさわしい真面目な雅号をつけて下さい。また、一旦つけた雅号は生涯変えないつもりで慎重に考えて下さい。柳誌などで他の方々の雅号を御覧になり参考にされるのも良いことだと思います。

Q18 入選句の成績の「位付け」について教えて下さい

A 選者が選んだ入選句に順位を付けることを「位付け《くらいづ》」と言います。

「位付け」の仕方は、結社、選者、地域等により多少の違いがあり、また結社等によっては位付けをほとんどしないところもありますが、最も普及している方法を次に掲げます。

入選句の位付けの例（高位順）

三才《さんさい》 天《てん》 地《ち》 人《じん》（又は、一席、二席、三席。一位を「最優秀句」「秀句」という場合もある）

五客《ごきゃく》 三才に準ずる順位で「佳作」「佳吟」等と言い通常は五句（四位〜八位）

十秀《じゅっしゅう》 （九位〜十八位）使われることが少ない

平抜《ひらぬき》　三才、五客、十秀以外の入選句で「前抜《まえぬき》」ともいう。また、披講時に口頭では平抜や前抜と言う場合があるが、柳誌等に記載の際はそう書かない場合が多い。

以上が入選句で、披講や記載の際通常は、順位の低い順に発表又は記載することが多い。なお、入選句以外の、不採用になることを「没《ぼつ》」、不採用になった句を「没句《ぼっく》」という。また、句会等でその人の出句した句が全部「没」になることを「全没《ぜんぼつ》」という。

入選句数は、出句者数等により一概に言えませんが大雑把に言って数十句くらいです。その入選率（競争率）も句会等により様々ですが、普通の句会でも何倍、大会等になると何十倍という難関になることが多いものです。それだけに入選の喜びはひとしおになるものです。いずれにしろ、入選のみを狙っての意図的な作句や、いたずらに成績のみに拘ることは良くありません。「全没」を恥じたり落ち込むことはありません。別掲の、句会に出席するメリットや川柳を趣味とするメリットを堪能して、楽しく心豊かに川柳を味わっていただきたいものです。そうは言っても川柳を生涯の趣味として、ライフワークとしてたしなむためには、良い句を作る力を高めるための勉強にも励んでいただきたいところです。それが、「たかが川柳されど川柳」と言われる所以でもあります。

Q19 出句の際の句の書き方を教えて下さい

A 句会等では、出句用の細長い用紙が配布されます。これを「句箋《くせん》」といい、通常は「句箋」一枚に一句を一行に続けて書きます。また、原則として次の事項を守って下さい。

一、五・七・五の間など字と字の間を空けて書かない。
二、「、」「。」などの句読点を打たない。
三、句の頭に「一」などの番号を付さない。
四、「　」（　）などの括弧書きを原則として使わない。
五、感嘆符！・疑問符？などの符号、記号を使わない。
六、漢字にルビ（振り仮名）を付さない（ただし、読みにくい人名、地名等を除く）。

要は、十七音の句そのものを一行に続けて書けば良いのです。

また、文字は楷書でていねいに明瞭に書くことを心掛けて下さい。達筆でも草書や分かりにくい書き方は避けて下さい。

筆記用具は、鉛筆、ボールペンなど特に限定されていませんが、句箋に書く場合は鉛筆を使われる方が多い傾向です。鉛筆の場合は、B以上の濃いものを使って下さい。

なお、用紙については、新聞等の川柳欄ではハガキ、大会等では所定の専用用紙が決められていることが多いので、それに従って下さい。

Q20 作句上特に心得ることの幾つかを教えて下さい

A 作句上、基本的に大事なことは既に述べてきましたが、それらを「基本編」と「応用編」に分けて私なりに条文的にまとめたものを、次に列記しますのでお役に立てれば幸甚です。

保州の作句の心得十か条『基本編』

一、五・七・五　十七音の定型を守る
二、多読　多作　多捨を心掛ける
三、発想　表現　リズムの良さを心掛ける
四、説明句　報告句にならないよう心掛ける
五、誤字　脱字をしない
六、差別的な用語を使わない
七、推敲を重ねる
八、句会に出席する
九、作句を休まない
十、成績に拘りすぎない
番外　良い師　良い柳友を得る

保州の作句の心得十か条『応用編』

一、紙と鉛筆だけでは作句できない　考える力が要る
二、各種の辞典等の資料を備えて活用すること
三、比喩　擬人法　省略等の表現手法を効果的に使うこと
四、言葉に溺れすぎない
五、技巧に走りすぎない
六、選者に当て込んだ句を作らない
七、作者の存在感がある句を心掛ける
八、当たり前のことを当たり前でないように　当たり前でないことを当たり前に作句する
　ことを心掛ける
九、句は我が子――愛して厳しく育てる
十、「そこまで」よりも「そこから」を詠むことを心掛ける
番外　誰にでもわかって誰にでも作れない句を心掛ける

なお、作句の心得の逆説的な「川柳が下手になる五か条」（故亀山恭太氏　元番傘川柳本社幹事長）を掲げますので、戒めとしてください。

川柳が下手になる五か条

一、教えたがりに習うこと
二、柳誌を見ながら句を作ること
三、他の柳誌を読まない
四、無難な句を作ること
五、言葉だけで句を作ること

Q21 川柳を楽しみ勉強するためには結社等に入会する方が良いですか

A 川柳を趣味とするメリット、句会に出席するメリット等は既に前述しましたが、川柳を勉強し、早く上達し柳友を得るなどのメリットを享受するには、川柳の勉強の会である「結社」に入会されることをお勧めします。

結社にもいわゆる流派的なものがあり、それぞれの結社の特徴がありますが、基本的には川柳界は一つです。現に流派や結社を超えた組織も結成され、合同の大会等も行われています。いろいろお調べになったりして、はんとうに御自分が入りたい結社を選んで入会されることをお勧めします。

入会されますと、出句、投句、句会への出席ができ、柳誌《りゅうし》（機関誌、ほとんどが月刊）の配布などの特典があります。会費的な経費は、結社により多少差があり、同じ結社でも誌友、会員、同人等による差もありますが、おおむね年間数千円から一万円前後の結社がほとんどです。なお、句会費として句会に出席の都度、五百円程度が必要です。

Q22 川柳の結社に入会したいので主な結社を教えて下さい

全国の「結社」の数は、統一的法人である(社)全日本川柳協会に加盟の結社数でも四〇〇近くあり、小規模なところも数えると何千とあります。

主な結社は関西なら川柳塔社、番傘川柳本社、時の川柳社、ふあうすと川柳社、川柳展望社等、東京なら川柳きやり吟社、川柳研究社、川柳公論等があります。

大きな結社になりますと県内外の地域に支部等をもっていますので(社)全日本川柳協会の事務局や、『川柳マガジン』の結社斡旋センターなどに問い合わせてみるとよいでしょう。

Q23 マスコミなどの川柳欄等をどう評価されますか

A 新聞、テレビ、ラジオ、雑誌等のいわゆるマスコミに、川柳ブームと言われるほど川柳欄や川柳番組が設けられ、応募数が非常に多くて入選は容易でない程、人気の高い欄（番組）も多いところです。

従って、川柳人口や川柳ファンを増やし、川柳の普及に対する貢献度はマスメディア（広報媒体）の大きな力であることは評価できるところです。

反面、文学としての川柳、正しい川柳の認識度としては首をかしげたくなるような川柳欄（番組）も見られます。例えば、本来の川柳ではタブーとされている、ただ単に面白おかしくふざけた句、駄洒落、言葉遊び、語呂合わせの句、品のない低俗な句でいわゆる「狂句《きょうく》」（後述）まがいの句や、ふざけたペンネームなどが、特定の欄（番組）に見られるところです。これらのことは、前述の「Q６　川柳のタブー」で強調したように、本来の川柳を冒涜するものであり、読者や視聴者に川柳とはこんな程度の低いものかという重大な誤解を招いてしまいます。真面目な川柳欄（番組）も多いだけに、一部の困った傾向は遺憾なことです。

Q24 「古川柳」とは、「狂句」とは

A 川柳の源は江戸時代に始まります。そのルーツは一七六五年に出た「誹風柳多留《はいふうやなぎだる》」と言われています。

特に、柄井川柳《からいせんりゅう》（一七一八～一七九〇）という人が川柳を盛んにしたことから「川柳」という雅号が、後に短詩形文芸の一つのジャンルである「川柳」の固有名詞になったのが語源です。

「古川柳」の時代の取り方は諸説ありますが、江戸時代に作られた川柳としておきます。非常に有名な「古川柳」の一部を紹介しておきます。（原句の字の一部を読みやすい字に替えています）

孝行のしたい時分に親はなし
役人の子はにぎにぎをよく覚え
碁敵は憎さもにくしなつかしし
本降りになって出て行く雨やどり

寝て居ても団扇のうごく親心
母親はもったいないがだましよい
泣き泣きもよい方をとる形見分け
子ができて川の字なりに寝る夫婦

これらの古川柳は諺や格言と思っている人も多いほど有名です。

「狂句」とは、十七音に言葉遊びなどをもって低俗な笑いを引き出そうとする句と言えます。例えば〝よく結えば悪く言われる後家の髪〟などは有名な狂句ですし、現代の句でも〝公約は膏薬よりも効き目なし〟は立派な？　狂句です。江戸時代に川柳が盛んになるにつれて、「万句合わせ」など興行的、射幸心などをあおって、次第に文学とはほど遠い「狂句」の時代に堕落し、その狂句の時代が明治時代まで百年間も続いたことから、未だに川柳もそのようなものという誤った社会通念がはびこっています。この影響からか、初心者の方の句に川柳とはいえない狂句的な句が見られるのは残念なことです。川柳が人気のある理由の一つに、現代風で自由闊達に作れることが挙げられますが、こういう誤解を無くすためにも、基礎的なことを学んでいただきたいものです。

Q25 有名な川柳作家と有名な名句を教えて下さい

A 有名な川柳家や名句と言われる川柳は枚挙にいとまがありませんし、結社や人によっても推挙する作家や句が自ずと異なりますので、建て前としてはお答えし難いのですが、それでは入門の勉強になりませんので、敢えて批判を覚悟で私なりの独断的にその一端を挙げさせていただきます。

＊川柳界の六大家（六巨頭）

川上三太郎　村田周魚《しゅうぎょ》
前田雀郎《じゃくろう》　岸本水府《すいふ》
麻生路郎《じろう》　椙元《すぎもと》紋太《もんた》

現在の著名な作家の多くは、何らかの形で六大家の薫陶や影響を受けられています。

俺に似よ俺に似るなと子を思ひ　麻生　路郎

ぬぎすててうちが一番よいといふ　岸本水府
二合では多いと二合飲んで寝る　村田周魚
子の手紙前田雀郎様とあり　前田雀郎
赤ン坊を笑わす顔を妻笑ひ　川上三太郎
知ってるかアハハと手品やめにする　椙元紋太
咳一つ聞えぬ中を天皇旗　井上剣花坊
手と足をもいだ丸太にしてかへし　鶴彬
人恋し人わずらわし波の音　西尾栞
佳句佳吟一読明快いつの世も　近江砂人
クリスマスお寺はとうに寝てしまい　西島〇丸
貧しさもあまりの果ては笑い合い　吉川雉子郎
パチンコ屋オヤ貴方にも影がない　中村冨二
建長寺さすが和尚の死所　阪井久良伎
仲居から仲居の死んだ話聞く　高橋散二
茹で玉子きれいにむいてから落し　延原句沙彌

長靴の中で一ぴき蚊が暮し　須崎　豆秋

国境を知らぬ草の実こぼれ合ひ　井上　信子

言い勝てば父の白髪が眼に残り　三條東洋樹

恋人の膝は檸檬の丸さかな　橘高　薫風

さくら咲く一人ころして一人産む　時実　新子

人間を掴めば風が手にのこり　田中五呂八

浮草は浮草なりに花が咲き　中島生々庵

馬鹿な子はやれず賢い子はやれず　小田　夢路

祇王寺の苔にも平家物語　亀山　恭太

見舞いには日本銀行券がよし　今川　乱魚

貧しさの順に凍てつく冬の街　斎藤　大雄

第二編

上達しませんか

　第二編は主に、川柳を楽しみ上達を目指している方々を対象に少しでもお役に立てることを目標に、今まで私が川柳のカルチャーや講話、川柳誌に連載したことなどを取りまとめてみました。

　よく「手っ取り早く川柳が上手になる方法はありませんか」という類の質問を受けることがあります。私は「そんな良い方法があれば私が教えてほしい」と笑って答えています。

何の趣味でもそうですが、直ぐに上手になる「即効薬」などはないものです。上達法などを読んだり、教えられたりすることを繰り返し繰り返し勉強して、自分の身に付けて自分のものとされてこそ上達してゆくものであることを、最初にお断りしておきます。

これから各項目で私が述べることは、川柳の憲法的なものではありません。指導者的お立場の方には、異論を申される方もお有りかも知れません。しかし、私の持論はいろんな大家等の諸説を消化してのもので、決して極論ではなくむしろ最大公約数的な中庸を得たものだと私自身は思っていることをご理解いただきたいと存じます。

1．添削実例

原 赤とんぼ稲穂の波に悠々と
添 赤とんぼになって飛びたいなと思う

原句は俳句調。「飛びたい」という作者の気持ちを詠むことで川柳になる。

原 病みし身の窓辺訪ねる揚羽蝶
添 病窓を癒してくれる揚羽蝶

「病みし」という文語調は不要。原則として口語体で平易に詠めばよい。

原 赤とんぼ秋を運んで飛んでくる
添 赤とんぼ命の色で飛んでくる

当たり前のことを当たり前に詠むと平凡な句になる。「運んで」と「飛んで」も意味が重なる。「命の色」で格段に良くなる。

原 それぞれのモラルがわかる黄信号
添 それぞれのモラル見ている黄信号
原句の「そうですね」的な平凡さを、「黄信号」に人格を与える擬人法で詠むことにより効果的な句になる。

原 来る年の幸せ祈る除夜の鐘
例 除夜の鐘親の意見のように聞く　　三宅　旭
原句は誰しもの思いを平凡に詠んだ感。
「親の意見のように」という直喩といわれる比喩が利いた名句を見習いたい。

原 どうしても長男可愛がりすぎる
例 長男の写真が少し多すぎる　　小出　智子
原句は抽象的な嫌がある。「写真が多すぎる」に可愛がりようが具象化して効果的。

原 バレンタインデー終わるとチョコの大廉売

例 一夜明け大廉売のチョコの山　西澤比恵呂

原句は丁寧に説明しすぎて破調になり間延びする。バレンタインデーという八音を略しても通じる。僅か十七音の句には「省略」の技法が必要。

原 おぎゃあおぎゃあとめでたく泣いて呱々の声

例 産声のはっしはっしと聞こえける　橘高 薫風

「おぎゃあ」というようなオノマトペは音声的な表現で効果を高めますが、赤ちゃんは「おぎゃあ」という平凡な擬声語ではかえって平凡になってしまいます。「はっしはっし」という非凡な表現にこそオノマトペの効果が高まるもの。

原 右巻きと左巻きとがあるつむじ

添 左巻きだけどしっかりしたつむじ

この句の題は「左」です。それを左右で詠むと左が主役でなくなります。「表」という題で「表裏」と詠むのも同様です。出来るだけ題を主役に詠みたいもの。また、原句はつむじの説明句にすぎない。

原 おおきにと言って断る一見さん
添 一見はおおきにと言い断られ
原句は下六音。中八と併せて破調の句は推敲で中七、下五に直す習慣を。

原 こっそりと充電している里帰り
添 こっそりと充電に行く里帰り
簡単に中七になるのに安易に中八で詠む悪癖は初心者のうちに直したい。

原 一生のこの瞬間を噛みしめる
例 今という刻一刻のメッセージ　　三宅　保州
原句も悪くはないが「一生」とか「人生」は語感があまりに大きすぎる感がある。

原 ライン線眉の引きよで善と悪
例 眉をかく今日の心がそのままに　　君女
ライン、線、引きは重複気味で詠みすぎ。僅か十七音に語意の重複は避けたい。

原　梅見頃聞けば口実気儘旅
添　梅便り口実にして気まま旅
てにをは等の助詞が無く、いわゆる「三句切れ」で堅く、リズムも悪い。

原　コンチキチン音色に浴衣弾みだす
添　コンチキチンの音色に弾みだす浴衣
この句も三句切れでリズムが悪い。コンチキチンのオノマトペで祭りを表し、擬人法で浴衣を登場させた技法は良い。

原　ころころと転がりやっと止まる石
例　転がったとこに住みつく石一つ　大石　鶴子
石が「ころころ」の擬態語は平凡。句も説明にすぎない。

原　展示会金塊に似たイミテーション
添　金塊のイミテーションが盗まれる

原句は安易に下六にした感。せっかくイミテーションに着想したのに生かしていない。添削句は「盗まれる」に諧謔と穿ちが溢れている。

原 種と仕掛で表舞台へ出る手品
例 知ってるかアハハと手品やめにする　　榾元　紋太
原句は「そうですね」と揶揄される当たり前のことを説明しただけの句。六大家の一人の名句を見習いたい。

原 痛くならないと行けないのが歯医者
添 痛くならないと行かないのが歯医者
「行けない」と「行かない」とでは意味が違う。「行かない」は物理的には行けるのに心理的に「行かない」のであり、穿ちの利いた句になる。「一字の重み」を噛みしめてほしい。

原 風が吹く度に物干し竿が落ち
例 腹立てたように物干し竿が落ち　　大観

原句は、当たり前のことを当たり前の表現で詠んだのみの句。同じ事象でも「腹立てたように」と直喩法で詠んでぐっと引き立つ句になった。

原 釣りは釣りでも狙うのはコイとアイ

魚の鯉と鮎を恋と愛に語呂合わせしたもので、この種の語呂合わせや駄洒落の句は文芸としての川柳ではなく、狂句といわれる類のものである。

原 七難をカバーする満面の笑み

添 満面の笑みで七難カバーする

原句は十七音ではあるがリズムが悪い。推敲の一方法として、五七五の位置を置き換えるだけで収まりが良くなり、リズムも良くなることが多い。

原 また今日も釣れずに帰る釣り天狗

添 また今日もしょんぼり帰る釣り天狗

添 さっぱりを担いで帰る釣り天狗

原句は「釣」の字が重なって無駄で、報告句にすぎない。添削の一句目は「しょんぼり」に作者の気持ちが表れているが佳句とは言い難い。添削の二句目は「さっぱりを担ぐ」という擬物法的な非凡な比喩で佳句に仕上げている。

原 散髪をしたらさっぱり心地よい

例 散髪をしたのに誰も気付かない　　三宅　保州

原句は、発想も表現も平凡。添削の句は、アイロニーと言われる「反語」の例。また、佳句の一技法の一章に問答がある句。「散髪をしたのに」という問いに「誰も気付かない」という答えが「落ち」である。

原 遮断機にみんなイライラしています

添 遮断機に出前のうどん冷めてくる

原句のように、平凡な事実を平凡に表現していても佳句になることはない。同じ事象に対しても、なるほどと感心させるような具象を使うことにより佳句になり得る。

原　十二月ああ忙しい忙しい
添　十二月話はどうぞ手短に

原句は「忙しい」のリフレイン（同じ言葉の繰り返し）で忙しさが強調されているが、平凡な言葉過ぎてくどい感もする。

添削句は会話調で端的に忙しさをイメージさせている。

原　畳屋の職人芸にみとれます
例　畳屋の針はやっぱりあすこへ出　川上三太郎

原句の「職人芸」を、端的に具体的に詠んだ三太郎の名句にはかなうべくもない。

原　おこづかい目当てにやってくる孫よ
例　お金持ちだからじいちゃんだーいすき　三宅　保州

原句は初心者クラスがよく詠む発想と表現。添削句は「お金持ちだから好き」という孫の本音を孫の言葉で句にしたもの。

原 夫婦喧嘩皿が犠牲になっている
添 喧嘩用に百均の皿買ってある
原句はいわゆる「そうですね」川柳。添削句は「百均の皿」に救いがある。

原 今日生きて心に止める今日の虹
添 今日生きた褒美のように虹が出る
悪くはないのですが「今日」のリフレイン(同じ言葉の繰り返し)は必要でしょうか。「虹は今日の褒美だ」というような作者の思いを詠んでみませんか。

原 アルバムに喜怒哀楽の過去をみる
例 大掃除アルバムが出てはかどらず　奥田　白虎
「アルバム」で「過去をみる」のは当然であり、喜怒哀楽があるというのも平凡な発想と表現にすぎません。添削例の名句の発想を見習いたいもの。

原 梅雨明けて夏雲高し猛暑かな

添 梅雨は地酒夏はビールと決めている
原句は季語が三つも重なって悪い例の俳句。川柳は、人間を登場させるか、作者の思いを詠むことが不可欠に近いもの。

原 命日は甥の車で行く墓参
添 兄の命日は甥が迎えに来てくれる
原句は誰の命日で甥が登場するのかはっきりしない。句が出来たら、選者や読者に句意が通じるか、ひとりよがりになっていないか、常に考えるべきである。

原 マイペースこれで行こうと決めたとき
添 マイペースで行こうと決めた定年後
「決めたとき」の時期が読者にはわからない。

原 肩書きがとれて悠々三十年
添 肩書きがとれて長生きしています

作者にとっては三十年でも、川柳としては二十年でも四十年でもよいので、いわゆる「動く句」になる。数字を使うときは、その必然性がある場合のみにしたい。たとえば「三割打者といえども七割はアウト」。

原 食べて寝てちょこで乾杯下戸二人

添 下戸二人猪口で乾杯してダウン

寝て乾杯という配列が無理。結語に「ダウン」を使うことによりユーモアと味のある句になる。

原 天窓へわたしの情念逃しおり

添 天窓へわたしのほとぼりを逃す

発想は良いが、中八音で「おり」も堅すぎる。

原 散歩するいつもの人に逢うために

例 逢えるかも知れぬ散歩のコンパクト　方子

例 おしゃれ着に替えた散歩にある秘密　芳水

原句の発想と表現では同想句が多い。せめて具体的な「小道具」を使い暗合句（発想、表現ともにそっくりの句）になるのを避けたい。

原 真実の声で平和を叫びたい

添 真実の声で平和を叫ばんか

原句も良いが「叫びたい」は願望であるので、その思いを訴えにまで高めて「叫ばんか」としたい。この「か」は疑問形の「か」でなく、古語の係助詞の「か」であり、訴えを強める効果がある。

原 大声で生きているよと叫びたい

「大声で」は「叫びたい」の説明で意味が重複気味。「叫びたい」理由や態様を上五で表現したい。たとえば「前向きに」「雑魚なりに」「女ひとり」等。

原 長生きが生き恥という友傘寿

添 **長生きを恥じ入る友をたしなめる**

「長生き」と「傘寿」が重複気味。僅か十七音だから似た意味の言葉は避けて、その分他に言いたいことを詠みたい。

原 **この僕を叱った母の目に涙**

同想句に「怒っても眼は許してた母の顔」「母の目に涙で駄目と書いてある」など多数ある。『川柳マガジン』誌が以前、使い古された定番語と思う言葉のアンケートをとったところ、第一位は「母」でした。作句でも「困ったときの母頼み」と言われているほどである。それだけに、母を詠んだ句は作りやすいが、それだけによほど意外性のある句でないと同想句に陥りやすい。

原 草野球ガチャンと割れてホームラン

添 **ガラス戸を割ったボールが頭下げ**

原句は事実を述べているにすぎません。添削句はボールを擬人化して味わいが出ている。

2. 川柳が上手になる必須条件

ひたすら読み、ひたすら聴き、
ひたすら作ることである。
何より、川柳を好きになることである。

1　「楽しみは頭ひねって五七五　保州」
趣味やたしなみとしての川柳なのだから、苦しいばかりではつまらなく長続きしにくいもの。楽しく学ぶことを心掛けたいものである。

2　川柳は生きものである。なぜなら喜怒哀楽がある。五・七・五という頭も手も足もある。主張がある。個性がある。何より人間そのものである。

3　人間の存在しない川柳は、役者の居ない舞台のようなものである。

4　川柳とは、基本的には人間を詠むものである。

5　生き甲斐は川柳ですと言えますか。暇つぶしや老化防止を超えてほしい。

6　作句とは、自分の子を産むに等しい。愛して育てる(推敲)べきである。

7 日記も川柳も自分のことや自分の思ったことを書くが、日記は他人に見せない。川柳は選者や読者に見てもらい評価や批評をしてもらうものであるから、ひとりよがりで他人に分からない句は避けるべきである。

8 川柳をたしなむ人だけにわかる句でなく、川柳を作っていない人にも感銘を与える川柳でなければならないと思う。

9 読者に考えさせる句は良いが、読者を迷わせる句は駄目である。

10 川柳は大衆に愛されて、しかもなお芸術でなくてはならないと思う。

11 もう一つの三要素とは　ウイット（機知）　ユーモア（良質な笑い）　ペーソス（哀感）だと思う。

12 川柳の3Sを心掛けた作句姿勢を提案したい。
センス（感性）　スタイル（形）　スピリット（心）

13 川柳の職人になりすぎて、技巧に走りすぎてはいけない。

14 川柳の時間（作句、鑑賞、句会等）を毎日の暮らしのリズムに習慣として採り入れること。そして、川柳に拘わらない日は気になって落ち着かないようになれば、しめたものである。

15 毎日、川柳を食べていないと飢餓感を覚えるようになればしめたものである。川柳を食べるとは、川柳を作り、鑑賞し、句会に出席すること等である。

16 説明句、報告句の域を出ないと上達は望めない。逆に、説明や報告の事実を作者はどう思うかを詠むことのいわゆる「そこからを詠むこと」を会得すると一気に上達して、佳句が生まれることまちがいなし！

17 穿ちのない句は、報告、説明句に陥りやすい。

18 説明、報告句がすべて悪いのではない。説明、報告だけの「そうですか」という平凡さ、感動の無さが駄目なのである。説明、報告的な句でも見つけの良さ、表現の良さ、意外性、訴えなどがあって、感動、共感を呼ぶ句もある。

19 川柳に最も必要なものは「作者の心」だと思う。言い換えれば、句の中に自分の存在感のある句を心掛けることである。

20 発想とは、作句の対象である物事などを、縦・横・斜め・表・裏から観察して思いつくことである。「見る」でなく「観察」しなければならない。

21 非凡な発想を平易に表現することを心掛けたい。

22 「氷が溶けたら水になる」という発想では平凡で、良い句にはならない。

「氷が溶けたら春になる」という発想は非凡で、良い句ができる。

23 平凡な発想は悪、平易な言葉は良。

24 作句の順序の、 発想→表現→リズム→推敲 は一つもおろそかに出来ない。

25 推敲は、作句直後よりも日を経てからすると、作句時よりも冷静に違った感覚で出来やすい。

26 作句におけるいちばん大切な技法の一つは「省略」である。上手な省略は佳句を産む条件の一つである。僅か十七音の句は、如何に省略するかに佳句の鍵がある。説明を省略して訴えたいことを広げられたら最高である。

「川柳は十七音の無限大　保州」

27 作りすぎた句よりも、作り足りない句(余韻のある句)を心掛ける。

28 説明のしすぎは「駄目押しで台無し」で句を駄目にする。

29 のめり込みすぎると、ともすれば読者には分からない句になる。

30 「て・に・を・は」等の助詞の使い方一つが句を左右する。

31 惰性や無自覚による字余り、字足らずは謹むべきである。

32 形容詞は叙情的ではあるが、反面、説明調に陥りやすい。

33 作者が説明や解説をしないと句意が分からない句は駄句である。

34 課題は主役に据えると課題が生きてくる。課題が脇役になると課題が弱くなり佳句になり難い。

35 課題吟で佳句を生む秘訣の一つは、自分（作者）が、その課題に変身（成りきる）して考えることである。

36 佳句を書き写す「書写」を習慣づけて、じっくりとその句の良さを鑑賞する。

37 入選することを目的とする成績主義に陥ってはいけない。良い句を作ることを第一の目的とすべきである。入選はあくまでその結果である。

38 他人の句や選者の選句の仕方を批判することは、ある意味でそれだけ句や選者を評価する力がついてきたとも言える。ただし、偏見や感情的な批判は謹むべきである。

39 レベルが高く、競争率の高い結社や大会に出句・投句することが、自分のレベルアップに繋がる道である。

40 選者を依頼されたら恐れず進んで受けるべきである。選者を経験することは作句にも勝る上達法である。

41 楽しくなければ川柳でない。楽しいだけでは川柳でない。

作句の心得チェック

前項をおさらいする意味でも、以下のチェックで作句の心得が身についているか、チェックしてみましょう。

定期的に心得をチェックをして、慣れから来る心の緩みを引き締めるのも良いでしょう。

□1． 定型を心掛ける
□2． 発想、表現、リズムの良さを心掛ける
□3． 多作、多捨、多読を心掛ける
□4． 誤字、脱字を防ぎ一字一語を大切にする
□5． 推敲を重ねる
□6． 独りよがりの句や技巧に走る句を慎む
□7． 作者の思いや訴えのある句を心掛ける
□8． 休まず作句し句会に出席する
□9． 全没にくさらず入選に驕らず
□10． 作句の苦しみは産みの楽しみとする
□番外　川柳を生き甲斐として楽しむ

チェックが入らない部分をしっかり確認しましょう！

3. 講演資料より

川柳界に思うこと

1　大会等における入選競争率が高すぎる。出席を躊躇する要因でないか。

2　結社、大会共に入選句の発表のみに終わって、なぜ良い句か、なぜ没なのか勉強できる場が少ない。結社やカルチャーではフォローできるのではないか。

3　「欠席投句拝辞」の問題点。

遠距離の者、身体の不自由な者等、参加し難い者を阻害している。事前投句制をもっと活用すべきでないか。

4　大会等で、「参加者数」や「入選句数」を開会時に発表しない会があるのは、不親切で配慮に欠ける。

5　「川柳は呆け防止になる」という表現は、認知症の方にも川柳にも失礼である。せめて「頭の体操になる」や「老化防止」ぐらいに。

しかし、本来は「川柳は文芸」であり「頭の体操」程度のものであってはならない。

6 川柳結社の在り方は「仲良しクラブ」程度のものでよいのだろうか。作者を育て、主義主張のある会であるべき。

7 川柳の位置付けは、俳句や短歌に比べて一格低く見られ勝ち。肩を並べる努力をすべきか、クラシックにたとえられる俳句等に対して、川柳は歌謡曲でも良しとすべきか。

8 結社等の柳誌の在り方
入選句の登載のみでは身も蓋もない。勉強になる記事や結社の姿勢を示すべきである。

9 マスコミ川柳の功罪
川柳の普及には貢献しているが、駄洒落語呂合わせや不真面目な句・雅号などのばっこも見られる。初心者のみの投句のみでなく、ベテランも「川柳はかくあるべき」の模範的な句を投句すべき。

10 ジュニア川柳の問題点
指導者が無く我流で作る
学校で言われて作る(受動的)
進学時期になると止める

11　初心者等のカルチャー講座が少ない
筋道立って習う場が少ない
もっとカルチャーの場を設けること
もっとカルチャーを利用すること

12　大会等の選者の選び方の長短所
有名人　×　客寄せパンダ
　　　　○　大家の選を受けられる
無名人　×　実力、魅力に欠ける
　　　　○　選者の登竜門になる

13　選の間の利用の仕方
アトラクション～川柳以外の事を知る
柳話～川柳の勉強になる
何もしない～交流が出来る

14　大会等にチャレンジしているか
他派や他結社と交流を図っているか

15 鎖国主義の指導者になっていないか
ほんとうの川柳の啓発に務めているか
川柳塔社刊「麻生路郎読本」参照
91頁「誤れる川柳観を排す」、95頁「一句を遺せ」、107頁「川柳作家十五戒」
岸和田川柳会創始者 高橋操子氏のモットー〈真実の句をつくれ〉

川柳人に思うこと

1 選者の問題発言～悪い冗談
「今まで没の方は私の入選句に入ってます。」「私の独断と偏見で選びました。」

「私の好きな句を選びました。」(好きな句よりも良い句を選んでほしい)

2 選者の披講で句会や句が良くも悪くもなる。 マイクの使い方 明瞭 声量 間合い
読み方(五七五で切らず句意で切る) 録音等で自分の悪いところを直す努力を。

3 ×災害等の時事吟をマスコミだけの知識で傍観者的に作り、選者もそういう句を選んでいる。

4　○被害者の視点で作るべきであり、作らないことも矜持でないか。(梅崎流青氏)

5　「他人にわからぬ句は川柳と言えない。川柳は言葉のほかに表現するものは何もない。だから全く異なる言葉を複数つなぎ合わしたものは川柳まがいの単文に過ぎず、川柳とは別のものである。」(神田仙之助氏)

6　「作句しただけでは目的の半分しか果たしていない。作品を通じて読み手に伝わってこそ目的を果たしたことになる。伝えたいことが伝わるためには、伝わるような書き方になっていなければならない。」(石森騎久夫氏)

7　「川柳は事柄をのべるものに非ず、人の思いを述べるものである」(同右)

8　中七下五は厳守すべきである。

9　「その理由は、リズムとルールである。字余り、字足らずに鈍なる者は、短詩型文学失格者である。上五の字余りは許されるが、それに甘えてはいけない。」(大木俊秀氏)

「同じ大きさの土俵、同じ太さのバットで勝負すべきである。」(保州)

何を趣味にするかでその人の価値観が、そこで何を目指すかでその人の人生観が現れる。」　例～麻生路郎―職業川柳人　鶴彬―反戦平和川柳

「たかが川柳」でない、「されど川柳」である。

（平成十七年「あかつき」誌上で岩佐ダン吉氏）

10　いわゆる「腰掛け川柳」では上達しない。上達の因は、熱意と勉強と少しばかりの才能である。「馬を水飲み場に連れて行くのは指導者、水を飲むのは作者自身の馬である。」

11　「川柳製造機」で作るな。
題といくつかの言葉を機械に放り込むような作句方法は厳禁。言葉の組み立て大工に過ぎない。

12　定石の句、禁じ手の句を作るな。
将棋の定石的、観念的な句

× 妻子ありこの幸せを噛みしめる

禁じ手の句

× 何事も無かったような○○○○○（五音字）

五音にどんな言葉でも当てはまる。

13　挙げ句の果てである句を目指そう。
「句とは挙げ句の果てのもの」
「そこまでより、そこからを詠むこと」　（川上三太郎）

あることをそのまま読んでも佳句にならない。その材料を作者がどう展開するかが決め手である。

× 茹で卵今日はきれいに剥けました

○ 茹で卵きれいに剥いてから落とし　延原句沙弥

14 余韻のある句を作ろう

十のものを十詠んでしまっては、種明かししてからするマジックに等しく身も蓋もない。感動を呼び起こすエキスを残して詠んで、読者に考えてもらう句にすると味わいのある佳句になる。

× 年頃の娘を持って心配だ

○ 逝く秋よ年頃の娘を二人持つ　八葉

15 比喩を活用すると句が生きてくる。

○ 女の子タオルを絞るように拗ね　川上三太郎

16 「ピサの斜塔」をどう詠むか。

× 倒れそうでピサの斜塔は倒れない

既視感、物理的な面でしか捉えていない。

「そうですね川柳」にしか過ぎない。

17

○　宥められてピサの斜塔は考える　　越村　枯梢

擬人的に「沈思する姿」と捉えている。

頭だけで作らず、心で作ること。

×　底辺で固めた愛は崩れない

巧さはあるが頭だけで作った句で心に響くものがない。

○　大物の舌がもつれてくる世論　　景子

さり気なくて意外な比喩による風刺。

18

喜怒哀楽をできるだけ直接詠まないこと。

×　鈍行に馴れて楽しい旅にする

作者が「楽しい」と思うほど「楽しさ」が伝わらない。「楽しい」と直截的に詠まずに「楽しさ」を伝える詠み方にすると句に味わいと深みが出る。

○　鈍行に乗ると風まで心地よい

19

同想句を避ける余り、奇を衒った発想の異想句に走りすぎると、必然性のないリアリティに欠けた句に陥る弊害がある。

× 裏から見ると逆戻りしている時計

20 盗作はご法度！　暗合句は辞退

21 選者を断るのは大損

選者をする利点

○　作句の何倍も得るものがある

○　駄句と佳句を見分ける力が付く

○　選者の立場がよく分かる

22 「川柳の時間」を毎日の暮らしのリズムに取り入れること

23 「氷が溶けたら水になる」句から脱却して「氷が溶けたら春になる」句を目指す。

《川柳が上手になる必須条件》

先ず、川柳を大好きになることです。

そして、ひたすら読み、聴き、ひたすら作ることです。

（平成23年第61回岸和田市民川柳大会にて）

4. 川柳塔誌「初歩教室」欄を担当して
——教えてるつもりが教えられました

川柳塔誌の「初歩教室」欄を、平成十五年一月号分から平成二十年十二月号分まで、延べ七十二回分担当させていただきました。拝読したご投句は約一万八千句におよびました。その間、ご投句者が成長されて、川柳塔社の同人になられたり各賞を受賞されたり、或いは各柳壇でご活躍されておられることが、私の何よりの喜びでした。

なお、「初歩教室」と銘打っていますが、その投句資格は「川柳塔の誌友」ということだけですから、文字通り比較的初歩の方から、誌友歴十年以上にもなり所属結社では同人、役員クラスの方も多数おられて、当欄を盛り上げていただきました。

応募者も徐々に増加してまいり、お一人一句を必ず登載することができないというジレンマに陥りましたが、登載洩れの方の分は川柳塔社の役員諸氏が交替で懇切に添削、批評されて直接返送していただくことになり、投句者も私も感謝のほかございません。

また、少しでも投句と成長のバロメーターになるように「今月の推せん句」を毎回三句前後採り上げさせていただきました。さらに、平成十九年からは、一年間の「今月の推せん句」の中から三名を選んで「年間賞」として表彰する制度を設けていただき、当欄が益々活気に溢れてまいったことはご同慶の至りです。

六年間担当させていただいて、私の率直な感想を駄句に詠むと「教えてるつもりが教えられました」というのが心境です。

初歩教室欄では、原則として毎号の巻頭に、上達の一助にと拙文を登載させていただいてます。

その一部の項目と要旨を掲載いたしました。川柳作句のご参考になれば幸甚です。

「初歩教室」欄の巻頭項目から主なものを抜粋

掲載年月号	見だし等	要旨
平15・1	保州の作句の心得十か条	改訂十か条　作句の不心得二十か条　選者の心得十か条（いずれも「私の川柳観」等で別刷り）
平15・2	同想句を避ける	最初に浮かんだ句を避ける
平15・3	誤字、脱字を避ける	辞書の活用を、誤用が多い、難解な言葉、漢字の乱用
平15・4	題を詠み込む可否	詠み込むと発想が狭い、詠み込まぬと発想が広がるが題から離れることがある
平15・5	説明句、報告句を避ける	そうですね・そうですか川柳になっていないか。そこまでより、そこからを詠む心掛けを。
平15・6	川柳は人間陶冶の詩	麻生路郎師の名言
平15・7	推敲の重要性	推敲に勝る作句なし　日を経てから推敲する

平15・8	多読、多作	佳句を精読・書写　いさぎよく捨てる
平15・9	字結び、読み込み	その意味と、作句上の留意点
平15・10	辞書を引く習慣を	字、意味の確認　発想のヒント
平15・11	発想・表現・リズム等	作句の三拍子　そして推こう
平15・12	題の分かる句に	題を詠み込まぬと発想広がるが題が分からぬ句にもなる
平16・3	副詞の使い方	動詞形容詞を修飾する特性を活かしたい
平16・4	作句上のタブー	駄洒落、語呂合わせ、差別用語、盗作は厳禁
平16・6	擬人法	訴えの強化、味わい、軽み、穿ちを効果的に表せるが、技巧に走ると作りすぎた句になる
平16・7	題の難易	作りやすい題は佳句ができにくい傾向

平16・8	「川柳塔」を読もう	一部しか読まぬと宝の持ち腐れ、多読にもってこい
平16・9	「命ある句を」	この一言に尽きる
平16・10	「孫」の句の可否	可愛い孫は駄目、非凡な孫の句なら可
平16・11	「題」を詠んだ重複	「くるくる」という題で「くるくる回る回転寿司に目が回る」は回るが四回もある　重語は副詞で犯し勝ち
平16・12	副詞の使い方	題を使うと広がらぬ　言い換えや類語を駆使
平17・2	主役は作者なり	作者が主役になった句はインパクトがある
平17・3	佳句を書く	名句・佳句を書写して精読する　ほんとうの多読である
平17・4	中八を防ごう	安易に字余りの句を作るのは悪癖
平17・5	柳歴と経験を深めよう	暦の上の柳歴を多読多作の経験で中味の濃い柳歴に

平17・6	推せん句の鑑賞	競争率百倍の当欄の「今月の推せん句」の鑑賞を
平17・7	オノマトペ	擬態語擬声語を効果的に使うと句想が活かされる
平17・8	かっこ句読点、ルビの可否	原則それらを使わなくとも分かる句を
平17・9	作句を生活の習慣に	川柳の時間を生活習慣として毎日取り入れること
平17・10	言葉の乱れ	「ら抜き語」などは如何なものか、正しい日本語を
平17・11	同想句を超える句を	同想句を超えるには多読、多作、多捨
平17・12	自分の心を投入した句を	傍観者、第三者的な立場の句は駄目 自分が主役
平18・2	作句の不心得十か条	作句上のタブー。これらのことをしていると句の上達はおぼつかず、良い川柳人と言えません
平18・3	続作句の不心得十か条	

平18・4	作者の存在する時事吟を	新聞の見だし的時事吟でなく、そこに作者の思いを
平18・5	3Sを心掛けた作句を	スタイル（定型）センス（感性）スピリット（心）
平18・6〜11	ワンポイントアドバイス	登載句の二・三句に絞り切り込んだ辛口批評
平18・12	初歩教室年間賞創設	年間の今月の推せん句から三句（人）に年間賞
平19・1	改訂版・作句の心得	「作句の苦しみは産みの楽しみ」ほか
平19・3〜9	「私の川柳観」から一〜七	「私の川柳観」を七回に亘ってその要旨を登載
平19・10	川柳はことばのつばさ	サトウハチローの詩「川柳はことばのつばさ」
平20・2	句とはあげ句の果てのもの	川上三太郎の名言、そこからを詠むこと等の意
平20・3	過ぎたるは及ばざる如し	飾りすぎた句、作りすぎた句、上手に拘る句

平20・4	「旅人」の自序	麻生路郎師句集「旅人」の自序は後世に遺る名文
平20・5	血と心の通った句を	自分の心血を注いだ句を
平20・6	名句とは	西尾栞師の名句についての名言
平20・7	時事吟の功罪	佳句の条件を備えた時事吟を
平20・8	「も」の効用	助詞の「も」は類似のものを想像、強調等の効用あり
平20・9	川柳の虜になってますか	生きがいは川柳ですと言えるように取り組みましょう
平20・10	先祖返りの絵文字	メール等の絵文字の先祖は象形文字
平20・11	出来た句を見直す	五つの点に留意してチェックを

「初歩教室」平成十五年〜平成二十年の月間推せん句のうちの代表句

しば漬けにはんなりと聞く京訛り　桑田ゆきの
足し算は円をつけたら解ける孫　井丸　昌紀
いちにのさん回転ドアに歩を合わす　山田　典子
もっともっと明日のページを赤く塗る　田中美弥子
やがてもう帰る頃かな鈴の音　坂上のり子
デパ地下に正月準備まかせとく　三宅　満子
二の足を踏んでチャンスとすれ違い　升成　好
しぶちんの袋に一つ穴がある　寒川　武
公園が暴れたような休み明け　荻野　像山
合併はしても変わらぬ国訛り　吉村　幸
上向いてあるこう月が味方する　荻野　像山

捨てられた鉢に立派な花が咲き　中井　萠
職降りてスローライフのボランティア　稲川　恵勇
金婚式謝ることがたんとある　土屋起世子
似た顔が並んで柩覗き込む　永原　昌鼓
身長は一センチだけ高く言う　奥　時雄
鋭角の先から食べていくケーキ　田岡　九好
手の届く椅子へほいほいぶら下がり　喜田　准一
そうなんだ今年は母がもういない　羽多野洋介
一本の線で真昼を見てる猫　坂上のり子
寄り添えば歩幅も同じ雪の道　三宅　満子
台風一過顔に木の葉の道祖神　坂本　藤朗
神様の仕業まさかの夫婦です　吉村　幸
撥ねられた蜜柑が味を主張する　寒川　武
うちのより立派なソファー棄ててある　俣野登志子
実家からの生活保護に甘えてる　木村　徑子

置き石に歩幅を合わす庭巡り　寺川はじむ
早起きの夫と暮らす朝寝坊　坂部かずみ
わかるわよ私も介護してたから　西村　益子
千羽鶴万羽供えて震災忌　永田　章司
お遍路の流れる汗に手を合わす　森本　清
タンポポの旅立ち風のプレゼント　村木　信子
この家に三階建ての冷蔵庫　木村　青生
足に杖添えて三脚まだ行ける　森本　清
参観日みんな揃った手の高さ　升成　好
そっとしておいてやるのがよさそうだ　毎田　信雄
歯車の数だけみんな生きている　相見　柳歩
豆撒きに鬼もためらう落花生　森田　麗
もめ事をコップの外で見ています　岡村　孝明
武士道が散ったきっかけパンだろう　三谷たん吉
あこがれたごろごろ暮らし持て余す　三宅　満子

それからの流れを変えた咳ひとつ　福井　菜摘
立ち話ネギが伸び出す籠の中　加藤　映子
引き出され飛鳥美人は化粧中　広瀬　房江
身の一つ置き所無い夜の咳　赤澤　貞月
まだ剃れる宿のカミソリ持ち帰る　井上　正己
冨有柿褒めて帰りの荷が重い　土屋起世子
硫化水素命そんなに安くない　土屋起世子
金婚式やっと妻の名呼べました　岡本　昇
七色のメガネ下さいトンボさん　小林　わこ
昨日まで喧嘩していた初詣で　荒巻　夢
老舗です屋号右から書いてます　岡本　昇
新生児指輪外して抱き上げる　寺井　弘子
万年筆胸に大人の仲間入り　荒巻　夢
綱渡りする子に投げる縄梯子　木村　徑子
なぜという袋背負って育つ子ら　小林　わこ

句読点もしも月日へ打てたなら　村木　信子
へそくりを足して黒字にする家計　岡本　昇
アリバイのある時何も起こらない　藤本　直
傘被る月に手回し急かされる　吉村　幸
左前の浴衣にまたもお節介　上垣キヨミ
ゆっくりと泳ぎ着きたい蓮の華　赤澤　貞月
いい夢を見ようと枕高くする　今岡　健柳
極楽の朝のチャイムか鐘の音　坂本　藤朗
仏壇に自分の写真置いてみる　荻野　像山
何はともあれ無事に二人の三十日蕎麦　吉村　幸
ご時世か絵馬に情報保護シール　片山かずお

「初歩教室」年間賞（平成十八年創設）

平成十八年分

物の無い時代に生きた力瘤　伊藤アヤ子
初恋の振り子今でも揺れている　相見　柳歩
今年こそマフラーあげる人探す　三宅　満子

平成十九年分

自分だけ無いと思っているもしも　藤本　直
渡り切るまでは見守る親心　吉村　幸
指ぎつねあなたが好きと鳴いてます　小林　わこ

平成二十年分

老舗です屋号右から書いてます　岡本　昇
年金のそれから捜す蝸牛　高木　道子
売り尽くし裏を返せば売れ残り　荻野　像山

作句の心得違いチェック

あなたは知らず知らずのうちに、心得違いをしていませんか？

以下のチェックで時々自分を見つめなおしてみるのも新鮮ですよ。

□1．　盗作や真似した句を作る
□2．　誤字、脱字の或る句を作る
□3．　字余り、字足らずの句を作る
□4．　説明句、報告句を作る
□5．　あれもこれもと詰め込みすぎた句を作る
□6．　ひとりよがりの句を作る
□7．　推敲はほとんどしない
□8．　差別、誹謗、中傷の句を作る
□9．　締切日、句会日が迫ってからあわてて作句する
□10．投句句数しか作句しない
□番外　作句は苦しみ以外の何ものでもないと思う

一つでもチェックが入ったら要注意!!

第三編

川柳いろはカルタ

作句に役立つ心得を、取り組みやすく覚えやすいように「いろはカルタ」になぞらえて5・7・5のリズムで作ってみました。「基本編」は主に初心者用、「応用編」は中級クラスを対象としました。「作句の心得」としてお役に立てて下さい。

作句の心得（基本編）

い　生き甲斐は川柳ですと言えますか
ろ　老化防止の特効薬になる作句
は　始めからうまい人などありません
に　入選に驕らず没に腐らない
ほ　報告をしているだけの句は駄作
へ　下手の考え休むに似たり同想句
と　どこでもいつでも誰でも作れます
ち　躊躇せず会に入って句を出そう
り　力みすぎ背伸びしすぎていませんか

ぬ　盗んでもよいのは作句姿勢です

る　留守番は作句するのによいチャンス

お　置き換えて直すのもよい五七五

わ　悪い句も良い句に生まれ変わります

か　考えや訴え入れた句にしよう

よ　詠む材料はいくらでもある無尽蔵

た　多作多捨そこから良い句生まれます

れ　練習は読むこと聞くこと作ること

そ　そこまでの説明よりもそれからを

つ　使ってはいけない駄洒落語呂合わせ

ね　寝床にも句を書きとめるメモを置く

ふけまやくをのうむらな

何歳でも老いも若きも作れます
楽をして上達などはできません
難しく考えすぎることはない
上手い句をたくさん読んで見習おう
のめりこみ過ぎてもひとりよがりの句
「を」一字の助詞で死んだり生きた句に
口に出し読んでリズムを守りたい
やめなくて良かった時がきっと来る
真似ばかりしても上達おぼつかず
消して書き書いてまた消し生まれる句
文芸としての川柳めざしたい

こ　口語体使い現代仮名づかい

え　鉛筆と紙と辞書とが必需品

て　定型は十七音字五七五

あ　明るい句前向きな句をめざしたい

さ　差別的な句を作るのはタブーです

き　きれいな字より読みやすい字を書こう

ゆ　ユニークな見方裏から斜めから

め　面倒と言わずに辞書で確かめる

み　皆さんと会うのが楽しみな句会

し　辞書を引く習慣意味と字を覚え

ひ　表現の仕方を工夫してますか

も もう一度見直してみる出す前に
せ せっかくの佳句も没です誤字脱字
す 推敲をすればどとんどん良くなる句
ん ん万句あってもできる ん万句

作句の心得（応用編）

い いつとても一句入魂めざしたい
ろ 六巨頭あって栄えた川柳史
は 「母もの」を安易に作ることなかれ
に 二句一章それもリズムの良さである

ほ　没の句も直せば佳句に生き返る

へ　平易でも主張と味がある軽味

と　ドンピシャと効果出したいオノマトペ

ち　ちょっと入れ替えて良くなる倒置法

り　リフレイン使い思いを強めたい

ぬ　抜けぬのを選者の所為にするでない

る　類似点強めたいとき便利な「も」

を　男は犬女は猫にたとえられ

わ　解らぬ句解った振りをしてないか

か　佳句を書き写して学ぶこと多し

よ　読み込みと字結びまちがわぬように

にれそつねならむうのを

多作でも粗製乱造すぎないか
連用形止めで余韻を持たせる句
その題を主役に置いて作るべし
使い方次第で生きる誇張法
練り方でほんのり味の出る一句
何にでも命吹き込む擬人法
ら抜き語やい抜き語できるだけ避ける
無駄な語を使って間延びしてないか
穿ちとは鮨のわさびにさも似たり
「の」の助詞を使いこなしてこその佳句
「を」にするかそれとも「が」「の」に代えますか

く　句の中に作者存在してますか

や　やむを得ぬ以外は上五守りたい

ま　孫の句を詠んでるうちは進歩せぬ

け　敬体で安易に逃げていませんか

ふ　増えてきた句帳が知っている成果

こ　言葉よりイメージ浮かべ句を作れ

え　江戸時代からの歴史を忘れまじ

て　伝統も革新もない自分の句

あ　当て込みは選者の代作にすぎぬ

さ　雑詠に作者の真価試される

き　技巧とはむしろ飾らぬことである

ゆ　夢ひろげ命吹き込む擬人法

め　めざすのは真似事でない自分の句

み　見るだけでなく観察をしてますか

し　自分の句は自分のもののみではない

ひ　ひたすらに読んでひたすら作るべし

も　もう一人の作者になっている選者

せ　川柳を生かすも殺すのもあなた

す　好きな句よりも良い句を選ぶべき

ん　川柳の道におしまいなどはない

「川柳いろはカルタ」応用編の補足解説

い　川柳には作者の心がこもっていなければならない。「一句入魂」は、作句における私の座右の銘。

ろ　岸本水府（番傘）麻生路郎（川柳雑誌・川柳塔）川上三太郎（川柳研究）椙元紋太（ふあうすと）村田周魚（きやり）前田雀郎（日川協初代代表）戦前から戦後の川柳の牽引車的役割を担った。

は　作りやすいだけに安易に頼り勝ち。

に　十七音の中に一カ所だけ空間があって二句に切られた句。句に広がりと立体感を与える。

来るものが来た　母の死がついに来た　（七音十音の二句一章）

ほ　なぜ没になったか。推敲の必要性。

へ　軽味を軽んじてはいけない。難しい句がイコール良い句ではない。

飲んで欲しやめても欲しい酒を酌ぎ　麻生　葭乃

神様に親子五人と申し上げ　椙元　紋太

と　音声や状態で感性を効果的に高める。
擬声語～バタン　トントン　ぴーちく等
擬態語～よちよち　スイスイ　ざらざら等
非凡なオノマトペを使いたい。

ち　上五と下五と入れ替えるなど。
×我が娘廿四になりハッとする
○思わざりき娘が廿四にもなり　麻生　路郎

り　繰り返すことで強調できるが、くどくなる欠点もある。
○碁敵は憎さも憎しなつかしさ　古川柳

ぬ　選者を批判出来るのは進歩した証とも言えるが、感情的な批判はタブー。

る　類似の物を想像させたり強調する効果の反面、句意が散漫になるきらいも。
○貧しさもあまりの果ては笑い合い　吉川雉子郎
○だしぬけに鐘の鳴るのも旅のこと　麻生　路郎

お　膝に乗る猫に私もなれそうだ　（女）

わ

負け犬になって上手に泳いでる　　（男）

「難解な句を高級と思ってませんか。解りやすい句を低級と思っていませんか。」

三條東洋樹（時の川柳社）

か

佳句を書写して、繰り返し読むこと。

よ

「字結び可」はその字を使えば意味が違っても良いこと。「空」という題で「空腹」や「空海」でも良い。「読み込み可」はその題を読んでも読み込まなくてもよいが、その題の意味で作ること。たとえば「白」の題で「雪」は詠んでもよいが、「白状」や「白熱」は不可である。

た

多作は良いが作りっぱなしは駄目。推敲をして自選をしなければならない。

れ

下五を連用形で止めると「余韻」のある句で含みや広がりがある。逆に連体止め（体言止め）は言い切って安定感があり座りが良い。

連用止め

花の山まだ薄呪いやうに明け　　阪井久良伎

体言止め

今にして思えば母の手内職　　岸本　水府

そ

「地獄」という題で「天国も地獄も過密だと思う」では天国も地獄も主役になる。
「白髪三千丈」的な誇張が効果的なことが多い。

つ

千客万来みんなが来ると困るなり　古川柳
病院をはさむ大きなピンセット　中村　冨二
元旦や我れ泰山の如く座す　西尾　栞

ね

推敲の必要性。「舌頭千回」のたとえ。

な

物を人物化することにより、味わい、穿ち、軽味、ユーモア等を効果的にする。
欠点は度を超すと不自然になる。

賞状に喋らせている応接間　中後　清史
いつからかお金に顔を忘れられ　高杉　鬼遊
イヤリングいやよいやよと揺れている　須崎　豆秋

ら

見れる（見られる）やめれる（やめられる）食べてる（食べている）咲いてる（咲いている）。流行的に言葉は変わるとしても、文芸としては正しい言葉を使いたい。「い抜き」は下六を防ぐためが多いが、句意も軽くなるので推敲で出来るだけ防ぎたい。

む

無駄な表現例　冷たい水　赤いりんご

う
美しい花　広い海　青い空　可愛い孫
同意語ばかりの句　くるくる回る回転寿司に目が回る
「穿ちとは鮨のわさびにさも似たり」は　麻生路郎の語録から「穿ちとは、寸鉄人を刺す、ピリリと効かす、人情の機微でヒザポン句」と説いている。

の
姑の不幸は耳がまだ聞こえ
指差せば拭いてから出す骨董屋

を
助詞の大切さ〜「は」は説明調、「に」「が」は限定調、「の」は多面的な効果。
新聞を一番に読むおとうさん
新聞がないぞと叫ぶおとうさん
新聞に爪切っているおとうさん
それぞれにいちばん当てはまる助詞を使いたい。
新聞の一番隅の尋ね人〜通常は同じ助詞を一句の中に二回以上使うと散漫でリズムも悪くなり勝ちだが「の」は二回以上使っても違和感が少ない。

く
作者が主役になっている句、作者が存在する句をめざしたい。

や
×世界一周いつかはきっとしてみたい

◯いつの日か世界一周してみたい

上六、七音で許容されるとしても乱用は慎みたい。推敲で上五に出来る場合が多い。

ま

「孫が可愛い」的な句は陳腐。詠むなら意外性で「可愛くない孫」を詠むと救われる。

け

「敬体」とは、何々です、何々でございます等を言い、結語にそれらを使うと安易な感になり、結語が句の良し悪しを左右することの悪しき部類になる。

ふ

多作と推敲でいっぱいになり真っ黒になる推敲をした句帳は川柳家の宝である。願わくばそれらを更に整理して保存することをすすめたい。

こ

言葉に頼りすぎたり、言葉遊びに溺れていないか

◯河童立ち上がると青い雫する　川上三太郎

「青い雫」というイメージが秀逸である。

え

柄井川柳時代の万句合わせの大流行から、狂句時代という暗い時代を経て、現在の川柳時代に至る歴史の重み。しかし、ブームもサラ川やワイドショー的な低俗なものも多いのは問題。

て

伝統や革新という以前に自分の句を心がけたい。

あ

入選を求めるあまり選者の好みに合わせて句を作るいわゆる「当て込み」について麻

生路郎は「当て込みは選者の代作をしているようなものである」と注意している。当て込みはもはや自分の句とは言えず、そんな句を作って入選しても意味がない。

さ

「課題」が中心の傾向が強いが、本来は雑詠（自由吟）こそが、その作者の個性が発揮されるものである。

き

六大家の一人、川上三太郎の語録である。技巧に走りすぎて飾り立てた句には「作者の心」が存在しない。

ゆ

人間以外のものに人格を与えて詠む擬人法。訴えを強めたり、味わい、軽味、穿ちなどを効果的にあらわすことができます。

労働歌蟻が歌えば凄かろう　　橘高　薫風

この先を考えている豆のつる　　吉川雉子郎（英治）

め

作者が主役で存在し、作者の心や訴えのある句をめざしたい

み

上辺を見るだけでなく、内容まで深く観察して作句したい。

例えば対象を正面からだけでなく、裏から斜めから、上から下から、右から左から観察すると発見がある。

し

川上三太郎の語録、いったん出（投）句した時点で、我が子を社会に送り出すように、選

者や読者にいろんな評価をされることになる。

ひ 多読、多作が上達の秘訣。

も 選をすることは創作でもあり、作句することの何倍も勉強になる。

せ 平凡な句はその句に血が通っていないということである。佳句とはその句に血が通い命があふれていることである。

す 選者は、個人的な好みの句よりも、川柳として良い句を選ぶべきである。

ん 川柳の道に終わりはない。生涯勉強である。

第四編

川柳用語小辞典

川柳は、作り方も川柳界も比較的自由闊達な世界ですが、川柳界独特の用語もあり川柳人の間ではそれらの言葉がよく使われています。

従って川柳を作ったり読んだりする際には、用語とその意味をよく理解しておくことが川柳に対する理解を深め、作句の基礎的な勉強にもなりますので、ここに基礎的な用語を中心に列挙いたします。（新葉館出版の「新・川柳入門」ほかから抜粋）

［相打ち］　よく似た句が同時に出てどちらも不採用になること。［相討ち］

［暗合句］　作句した句が偶然他人の句と似ている句。

［暗《あん》　喩《ゆ》］　例えを直接言わず隠して表現する方法。［メタファ］ともいう。

［印象吟］　例えを間接的にしてその効果を狙うもの。

図形、記号、写真、絵などを課題として与え、それから受ける印象により作句すること。

［ウィット］　機知、川柳に必要な要素のうちの一つ。

［穿《うが》　ち］　物事、人間など作句の対象を穿った見方で作句すること。川柳の特性で、古来、川柳の三要素の一つと言われている。

［動く句］　主体が別のものでも成立する句。主体が他のものでもよいので「動く」ことになり、作句のタブーである。

例句　**床の間に見事な菊の花を活け**

この句意では、菊でなくても桜でも何の花でもよいから、動く句になる。

〝**仏壇に母が遺した菊を活け**〟であれば動かない。

［折《おり》　句《く》］　三音（又は一音）の言葉を五・七・五の頭に付けて作る句。

例句　課題「さ・く・ら」
幸いな暮らし二人の楽隠居（さいわいなくらしふたりのらくいんきょ）

［雅　号］本名のほかに川柳用につけるペンネーム的な呼び名。ふざけたようなものや低俗なのはいけません。

［課　題］作句の対象として題が決められること。「兼題」「宿題」ともいう。

［上　五］五・七・五の最初の五音。

［柄井《からい》八右衛門《はちえもん》川柳《せんりゅう》］（一七一八〜一七九〇）川柳の始祖。東京浅草の龍門寺の名主を務めながら、前句付の点者（選者）として活躍した。文学としての「川柳」の名称のいわれはこの柳祖から。

［軽　み］川柳の三要素の一つで、川柳の文学的な特性。

［擬人法《ぎじんほう》］人間でないものを、人間のように見立てて表現する修辞法。
例句　冗談にすぐ乗せられる紙コップ
　　　スリップで知らすタイヤの引退期

［狂　句］言葉遊び、語呂合わせなどで笑いを引き出そうとする句。江戸後期から明治にかけて約百年間も狂句の時代が続いた。川柳とは明確に一線を画す

べきジャンルであるが、未だに川柳も狂句的なものとする誤解がある。

［共　選］同じ題を二人以上の選者が選ぶこと。

［切れ字］俳句などで「や」「かな」「けり」などの、助詞、助動詞を句の切れ目に使うこと。川柳ではあまり使われない。

［吟《ぎん》行《こう》］名所旧跡や自然へ出かけ、それらに関する川柳を作ること。その句会を「吟行句会」という。

［句《く》箋《せん》］出句する句を書く短冊状の用紙。通常は、一枚に一句を書く。一枚に二句以上書くことを「連記」という。

［吟　社］川柳の結社のこと。

［位付け］入選句の等級を決めること。三才（天、地、人）五客（佳作）平抜（前抜）など。一席、最優秀句、特選などとすることもある。

［慶弔句］誕生、結婚、入学、就職などの祝い事を詠む、祝吟。死亡、葬儀を詠む弔句、悼吟。

［結　語］五・七・五の最後の五音。下五、結句、座語ともいう。

［兼　題］作句する対象を予め決めるその題をいう。「宿題」「課題」

［木枯《こがらし》の碑］川柳の始祖柄井川柳の辞世の句「木枯や跡で芽を吹け川柳」が刻まれた句

碑。天保十年、東京都台東区の龍宝寺に建立されたが、二度の火災に遭い現在の句碑は、昭和三十年川柳関係者の浄財で建立された。

［互選《ごせん》］　句会の出席者等全員が、それぞれの句を相互に選ぶ形式。

［古川柳］　広い意味では、江戸時代に作られた川柳を言う。狭義では、初代川柳が選んだ「川柳評万句合」から、呉陵軒可有《かゆう》が選んで編んだ「誹風柳多留」に掲載された川柳をさす。

［滑稽味《こっけいみ》］　川柳の三要素の一つで、川柳の文芸的特性。おかしみ。

［呼名《こめい》］　入選句を発表（披講）する際、入選句が読み上げられた直後に、その作者が名又は雅号を唱えること。

［雑　詠］　作句の課題がなく、何を対象に詠んでもよいこと。自由吟。

［三　才］　天、地、人（一位から三位）位の総称。

［三要素］　川柳の文芸的特性の要素。「穿ち　滑稽　軽み」

［字余り］　五・七・五　十七音の定型の音数より多い句。リズムを乱す元になり、基本的にはタブー。

［軸　吟］　選者が担当する題の、選者自身の句。通常は、披講の最後に発表する。自

句。選者吟。

［時事川柳］社会、政治などのニュース性のある時事問題を詠んだ川柳。

［字足らず］五・七・五　十七字の定型の音数より少ない句。リズムを乱す元になり、基本的にはタブー。

［し止め］結語の「……する」という動詞の連用形である「……し」などを下五に捉えることを言い、古川柳では前句の七・七に続けるとリズム感があり良く使われているが、現代川柳ではタブーとしている結社や選者が多い傾向。

例句　まおとこを見出して恥を大きくし
　　　清盛は寝まきの上へ鎧を卦

［字結び］漢字一字が課題の場合、その字の意味に関係なく句中に詠み込むこと。
例「神」　神社　神経　神妙　神髄　阪神　神戸など。

［下《しも》　五《ご》］五・七・五の最後の五音。結語、結句、座語ともいう。

［誌　友］川柳機関誌（柳誌）の定期購読者。会員、同人等に対する語。

［自由吟］作句の課題がなく、対象が何を詠んでもよいこと。雑詠。

［十七音］五・七・五の定型総音数。

［嘱目吟《しょくもくぎん》］「吟行」の際の作詠。

［席　題］句会上で発表される課題。通常、事前に発表される兼題に対して、作句時間が短い。

［説明句］事実等のみを詠み、説明や報告にすぎない句。「報告句」。

［(社)全日本川柳協会］四百近い結社が加盟する、川柳界唯一の統一的な法人。

［全　没］その人の投句がすべて入選しないこと。

［川柳忌］初代柄井川柳の忌日である九月二十三日の法要行事。

［川柳公園］岡山県久米南町弓削に所在。地元の弓削川柳社と久米南町によって設置。多くの句碑が建てられている。

［題　詠］「兼題」「課題」「宿題」

［体言止め］下五を名詞、代名詞の体言で締めくくった句。

［短　冊］句を書き飾る長方形の厚紙。通常は縦約三六センチ横約六センチほど。

［直喩《ちょくゆ》］何々の「ような」と、直接その例えを表現する方法。

［伝統川柳］現代的川柳に対して、古川柳以来の伝統文芸性を主張する川柳。

［投　句］句を出句又は郵送すること。

［投句拝辞《はいじ》］句会等で欠席者の投句を受け付けない意。

［同　人］結社の同志、メンバー。通常は、誌友、会員よりランクが高い。

［同想句］発想、着想が似ている句。「類想句」「類句」

［中七］五・七・五の真ん中の七音。

［誹風柳多留《はいふうやなぎたる》］一七六五年、呉陵軒可有が編集した川柳選集「川柳評万句合」の中から前句に続く付句のみを独立させたのが特徴。

［破　調］五・七・五　十七音の定型でない自由な音律の句。

［破礼句《ばれく》］性風俗を詠んだ川柳。江戸時代の「誹風末摘花」が顕著。

［披　講］句会で選者が入選句を読み上げ発表すること。通常、二回読み。

［膝ポン川柳］感心して頷けるような合点のいく句。

［没　句］入選しなかった句。「没」ともいう。

［見つけ］着眼。目のつけどころ。「見つけの良い句」などと言う。

［詠み込み］漢字一字が課題の場合、その字の意味に関係なく句中に詠み込むこと。
　「字結び」に同じ。

［リフレイン］同じ言葉を重ねる表現手法。無駄な重複は不可。

例句　今日という日は今日だけの今日である

［柳《りゅう》誌《し》］川柳機関誌。通常は、各結社が月一回程度、入選句などを載せ発刊。

［柳　社］結社のこと。

［柳　人］川柳作家。

［類想句］発想、着想が似ている句。「同想句」「類句」

［レトリック］巧みな表現をする技法。例えば、「暗喩」「リフレイン」等。

［脇取り］披講する選者の脇に居て、呼名する作者の名を復唱したり、名を記入する役。「文台」

続・作句の心得違いチェック

作句することに慣れてくると、様々な要因で当初と気持ちが変わってくることがあります。

作句スタイルはそれぞれあっても芯の部分は同じ。

「慣れ」過ぎていないかチェックしましょう。

□1．　句会には出席したくない
□2．　技巧に走りすぎた句を作る
□3．　句意のわからぬ句を作る
□4．　川柳の手垢にまみれた流行語を使う
□5．　「し止め」の句を作る
□6．　選者に当て込んだ句を作る
□7．　自由吟はあまり作らない
□8．　柳誌、句集等で他人の句を見ながら作る
□9．　柳誌等はあまり詠まない
□10.　競争率やレベルの高い大会等には投・出句しない
□番外　結社には属さない

第五編　川柳名言集

高名な川柳家や作家は、川柳についての珠玉の名言を述べられています。これらは、川柳に対する理解を深め、作句力の向上に大いに役立ちます。ここにその幾つかを紹介させていただきます。

麻生　路郎

＊川柳は人間陶冶の詩である。
＊いのちある句を作れ。

岸本　水府

＊川柳ははじめ手を染めやすく、その道に入ると奥に奥があって、興味津々いつまでたっても厭きのこないのが特色である。

川上三太郎

＊自分の句は自分のものでなければならぬが、自分のもののみであってはならぬ。
＊リズムを持たない川柳は踊れない靴のようなものだ。
＊句とは十七字に縮めることでなく、十七字にふくらますことである。
＊川柳は誰にでもできる。だから誰にでも作れる句は書いてはならぬ。
＊わが句はわが子　愛して　誇るな。
＊そこまでを句にするよりそこからを書くべきである。

＊句を出す前に、七たび舌にころがして三たび読み返すべきである。
＊技巧とは飾ることでない。むしろ飾らぬこと、飾ってはならぬことである。
＊句とは所詮あげくのはてのものである。

椙元　紋太

＊聴く　読む　見る　が私の師である。

前田　雀郎

＊真実を伝えるということは、必ずしも克明にものを写すことではない。その中に生きた姿をつかみ、それを示すことである。

正宗白鳥（作家）

＊俳句を尊び川柳を卑しむ人が多い様ですが、小生はさう思ひません。傑れたる古川柳は日本文芸史上独特の価値を持つてゐると思ひます。

野村胡堂（作家）
＊ワタシは、時代小説を志す若い人たちに何時も言う。
「悪いことはいいません。まず柳多留を、少なくとも五回くらいは、読み返すことですねぇ。」

小出　智子
＊川柳の素材は周りにいくらでもある。

西尾　栞
＊上手になるにこしたことはないが、上手になることに拘りすぎてはいけない。
＊ライバルをつくることが上達の道である。

鈴木　如仙
＊できあがった句をもう一度見直すことは、外出前の身だしなみと同じである。
＊関東では、題を句の中に入れずにその題とわかる句にするのが良いと言われるの

に対し、関西ではそれに拘らない風潮がありますが、いずれにしてもすぐれた内容であればどちらでもかまいません。

時実　新子

＊川柳を単なる遊びの趣味として終わらせるか、ライフワークにまで育てることができるかの岐れ道は、だいたい五年で決まる。

＊「題」はあくまでヒント、しかし題がポイントである。

田辺　聖子（作家）

＊猥雑な狂句などを川柳と名付けるのは、川柳を僭称するもの甚だしきものだ。

山本　翠公

＊誰もがわかり誰もが作れない句が最上の秀句である。

高橋　俊造

＊人の心を動かす句でなければ十七字を並べたものにすぎません。

去来川巨城

＊作品の命は自分のものです。作品の価値は他人がつけるものです。

加藤　翠谷

＊十七音字がデコレーションケーキのように飾りたてられるようになった。飾りたてれば良いのなら、厚化粧の女性は皆美人だということがまかり通りそうだ。

大木　俊秀

＊川柳のイエローカードの対象
わからない句　駄洒落　中八・下六　誤字・脱字　文法の誤り　作りっぱなしの句
説明句・報告句

松尾　芭蕉（俳人）
＊古人の跡をもとめず、古人の求めたる所をもとめよ。

吉川英治（作家）
＊一つの想に把まると云うことは作品の疲労と作句気分を傷つけるから注意することである。

近江　砂人
＊作っては捨て、作っては捨てる。これが佳句を得る唯一の道である。

鈴木柳太郎
＊川柳の上達方法を強いて上げると、何事にも興味を持つこと　物事をいろいろな角度から見る習慣を身につけること　他の人の作品を数多く読むこと　川柳に惚れ込むことである。

橘高　薫風

＊表現の如何に拘らず、自分の心を投入し、自分のいのちを燃焼した自身の人生の軌跡を書きとめてほしい。

亀山　恭太

＊無理に五・七・五にするために変な言葉を使うことは破調よりはるかに罪が深い。

＊日記は自分のための記録ですから自分だけが分かればよいのですが、川柳はひとに見てもらうものですから、自分以外の人に句の意味が分かるかどうかを常に意識して作句したいものです。

田口　麦彦

＊作るということは、いかに多く捨てるかである。

尾藤　三柳

＊作ることの上達は作ることしかありません。

礒野いさむ

＊碁や将棋で「下手と打つな」というように、川柳も良い句をたくさん読むこと。

織田　正吉（作家）

＊ほとんど無限にある日常語が、川柳ではすべて詩的言語として再生しうるのではないかと思わせられる。

正岡子規（俳人・歌人）

＊滑稽も亦文学に属す。然れども俳句の滑稽と川柳の滑稽とは自ずから其程度を異にす。川柳の滑稽は人をして捧腹絶倒せしむるにあり。俳句の滑稽は其間に雅味あるを要す。故に俳句にして川柳に近きは俳句の拙なる者、若し之を川柳とし見れば更に拙なり。川柳にして俳句に近きは川柳の拙なる者、若し之を俳句とし見れば更に拙なり。

選者の心得チェック

作句に慣れ、句会の雰囲気にも慣れて来ると選者に、との声がかかることも増えるでしょう。その時の指針として以下のチェック項目を意識してみてください。

□1．　言い訳をしない
□2．　独断や偏見で選ばない
□3．　好きな句よりも良い句を選ぶ
□4．　欠陥のある句は採らない
□5．　句におもねたり惑わされない
□6．　選は自分だけでする
□7．　わからない言葉などは調べる
□8．　良い句の基準を決めて選ぶ
□9．　選句後 丹念に見直す
□10．　わかりやすい披講に努める
□番外　良い選者を見習う

上記がクリアできていれば突然の抜擢にも慌てず、恥をかくことはありません。

解説

著者の三宅保州氏が所属する川柳塔社（大阪市）の月例句会では約一時間ほどの選考時間を利用して、同人やゲストによる講演会を行うことが恒例である。同社ではこれを「お話し」と呼んでいる。

その「お話し」の内容を補足するため、資料を用意される方も少なくないが、特に著者が用意する資料は小冊子と呼んでも遜色のないボリュームときめ細かさがあった。丹念に作りこまれた冊子は「お話し」の度に改訂され、完成度を高め聴衆に初心者が多ければ「いろはカルタ」を、川柳に慣れた方が多ければ「私の川柳観」をテーマにするというように、壇上に立つたびに強いメッセージを放っていた。和歌山県川柳協会会長、和歌山三幸川柳会会長、川柳塔社理事という要職に就きながら、いち川柳作家としてのチャレンジ精神を忘れずに膨大な数の作品を生み続けている。そんな己の川柳に対する厳しい姿勢、そして川柳普及への熱い思いは、私を含めた著者を知る誰もが周知のことである。

そんな著者の川柳の真髄ともいえるこの小冊子を、一部の方しか手にすることが出来ないのはもったいない、と心底思ったのが始まりだった。

本書は、著者の膨大な資料の中から厳選した上で、川柳の入門書としては異色であるQ＆Aを中心に纏めた。初心者が抱える多くの疑問に、懇切丁寧にときには叱咤激励も加わっての、愛の溢れる切り口で対峙する著者の姿を感じることができる。また「川柳塔」誌の人気添削欄「初歩教室」の要旨も収載、この部分だけでも充分に要点がまとめられた入門書になっているから、いかに充実した内容であるかがお分かり頂けると思う。

現在の川柳は愛好者の中心となる年齢層が高く、その大半が仕事や子育てを一段落させた方が始める生涯学習として存在している。しかし、五・七・五のリズムを基本に難しいルールがなく、誰でも簡単にはじめることができ、且つ奥深い魅力のあるのが川柳。縁あって本書を手に取った読者は、読者にぴったりと寄り添って、優しくそして時に厳しいエールを贈る著者の魅力にたちまちはまり、やがて川柳を「生きがい」に思うに違いない。

は　**始めからうまい人などありません**

そんな気持ちで、川柳の一歩を踏み出せれば、

や　**やめなくて良かった時がきっと来る**

の瞬間を迎える日が、ある日きっと読者にも訪れるだろう。

新葉館出版

松岡　恭子

【著者略歴】
三宅　保州（みやけ・ほしゅう）

本名：保　　柳歴30年間
和歌山県海南市在住
現在の主な柳職
（社）全日本川柳協会常任幹事
川柳塔社理事
和歌山県川柳協会会長
和歌山三幸川柳会主幹
毎日新聞和歌山版川柳選者
川柳カルチャー代表・講師　各所

早分かり川柳作句Q＆A

○

2012年10月17日　初版発行

著　者
三　宅　保　州

発行人
松　岡　恭　子

発行所
新　葉　館　出　版
大阪市東成区玉津1丁目9-16 4F 〒537-0023
TEL06-4259-3777 FAX06-4259-3888
http://shinyokan.ne.jp/

印刷所
株式会社アネモネ

○

定価はカバーに表示してあります。

ISBN978-4-86044-450-1